劉坡公 著

學詞百法

廣陵書社
中國·揚州

圖書在版編目（CIP）數據

學詞百法 / 劉坡公著. -- 揚州 : 廣陵書社,
2019.1
（經典國學讀本）
ISBN 978-7-5554-1172-7

Ⅰ. ①學… Ⅱ. ①劉… Ⅲ. ①詞(文學)－創作方法－
中國 Ⅳ. ①I052

中國版本圖書館CIP數據核字(2018)第287923號

書　　名　學詞百法
著　　者　劉坡公
責任編輯　李　潔
出 版 人　曾學文
裝幀設計　鴻儒文軒

出版發行　廣陵書社
揚州市維揚路 349 號　　郵編:225009
(0514) 85228081(總編辦)　　85228088(發行部)
http://www.yzglpub.com　　E-mail:yzglss@163.com
印　　刷　三河市華東印刷有限公司

開　　本　880 毫米×1230 毫米　1/32
印　　張　6
字　　數　65 千字
版　　次　2019 年 1 月第 1 版
印　　次　2019 年 1 月第 1 次印刷
書　　號　ISBN 978-7-5554-1172-7
定　　價　35.00 圓

編輯説明

自上世紀九十年代始，我社陸續編輯出版一套綫裝本中華傳統文化普及讀物，名爲《文華叢書》。編者孜孜矻矻，兀兀窮年，歷經二十載，聚爲上百種，集腋成裘，蔚爲可觀。叢書以内容經典、形式古雅、編校精審，深受讀者歡迎，不少品種已不斷重印，常銷常新。

國學經典，百讀不厭，其中藴含的生活情趣、生命哲理、人生智慧，以及家國情懷、歷史經驗、宇宙真諦，令人回味無窮，啓迪至深。爲了方便讀者閲讀國學原典，更廣泛地普及傳統文化，特于《文華叢書》基礎上，重加編輯，推出《經典國學讀本》叢書。

本叢書甄選國學之基本典籍，萃精華于一編。以内容言，所選均爲家喻户曉的經典名著，涵蓋經史子集，包羅詩詞文賦、小品蒙書，琳琅滿目；以篇幅言，每種規模不大，或數種彙于一書，便于誦讀；以形式言，採用傳統版式，字大文簡，讀來令人賞心悦目；以編輯言，力求精擇良善版本，細加校勘，注重精讀原文，偶作簡明小注，或酌配古典版畫，體現編輯的匠心。

當下國學典籍的出版方興未艾，品質參差不齊。希望這套我社經年打造的品牌叢書，能爲讀者朋友閲讀經典提供真正的精善讀本。

廣陵書社編輯部

二〇一七年十二月

出版説明

本書為民國時吴江人劉坡公所作，作者生平未詳，有《學詩百法》《學詞百法》二书傳世，專爲學詩、學詞者指示門徑。《學詞百法》從音韻、字句、規則、源流、派别、格調這六個方面入手，將填詞之道，具體劃分為上百種方法，採取由易到難、由淺入深、由簡單到複雜的方式，循序漸進，引導讀者理解和把握詞的要領和創作方法。在講解中，他更從歷代名家詞中精選出有典型意義的作品進行分析和示範，不但有實際指導作用，亦能作為名詞欣賞來讀。

今據世界書局一九二八年刊本整理排印，加以新式標點。底本所引例詞字句，有一些與通行本不合，大部分遵原稿不加修改，有明顯錯誤者，則參校《全宋詞》《詞綜》《近三百年名家詞選》等版本為之訂正，並出校注。又《音韻・變換詞韻法》一則中，『全換仄韻』所舉之例詞有誤，特為更換合乎要求的例詞，相關情由均於校注說明。

另外，引文中：《四竹園》，當作《四園竹》；《詩經・東山》『霖雨其濛』，當作『零雨其濛』；《臨江仙》『冷江飄起桃花片』，『江』當作『紅』；《南歌子》『恨春霄』，『霄』當作『宵』、《天仙子》『鷺鶿』當作『鷺鷥』；《揣摩詞眼法》『柳昏花瞑』，『瞑』當作『暝』、『愁臙恨紛』，『紛』當作『粉』；《菩薩蠻》『鬢雲欲渡香腮雪』，『渡』當作『度』，『懶起畫娥眉』，『娥』當作『蛾』；《踏莎行》『嫩嫩姻絲』，『姻』當作『煙』；《南歌子》『花裏暗相昭』，『昭』當作『招』；《菩薩蠻》『新貽繡羅襦』，『貽』當作『帖』；《清平樂》『宸游教在帷邊』，『帷』當作『誰』；《眼兒媚》『而今往事難重有』，『有』當作『省』；《小重山》『間』當作『閑』；《千秋歲》『棟花飄』，『棟』當作『楝』；

《江城梅花引》『香半薰』，『薰』當作『熏』；《晝夜樂》『早知恁地難拌』，『拌』當作『拚』。又《格調》例詞中：《減字木蘭花》『樓』韻腳誤注『可平』，當為『換平』，『衣』字失注『叶平』；《清平樂》『邊』字失注『叶平』；《西江月》下闋，『瑤』『橋』『曉』三韻腳失注叶平、叶仄；《定風波》『暖』下注誤作『可日』，當作『可平』，『家』韻腳失注叶平；《瑞鶴仙》『洲』字下注誤作『可平』，當作『可仄』。又例詞中：《鵲橋仙》『度』『暮』，《小重山》『家』，《蝶戀花》『柱』，《破陣子》『贏』，《殢人嬌》『槳』，《風入松》『飛』，《齊天樂》『苦』，皆失注韻腳。以上種種，均逕自改正。不再出校注。

廣陵書社編輯部

二〇一八年十一月

目録

編輯大意

一、音有清濁，韻分陰陽，學詞之法，音韻最嚴。本書廣徵博引，不特考其源流，正其是非，而尤注意於辨音叶韻之道，庶幾初學倚聲者，可無落韻失腔之病。

二、詞之字句，與詩不同。本書由漸而進，示以種種作法，兼採古人之警句詞眼，以爲模楷，俾學者得此，既無躐等之弊，又獲他山之助。

三、金元而後，詞學日蕪。作者但知風華自尚，不復研究格律，遂使詞不合樂。本書有鑒於此，特將詞譜要訣，詳細論列，并起、結、轉、折等法，無不示以準繩，證以實例。學者不必考求他本，自有左右逢原之樂。

四、詞之體製，繁複最甚，詞之名目，歧异尤多。本書於詞曲之分合，體製之异同，詞學之源流，調名之緣起，應有盡有，不憚詳述。學者細細翻閲，於填詞之學，不難思過半矣。

五、詞之派別，自晚唐以迄明清，何止數十百家？本書甄採各家精華，按時代之先後，一一列入，而又略將其人之出處，先爲説明。學者得此，不但可以判各派之軒輊，且可以觀世運之興衰焉。

六、詞之圓轉與拗僻，各調不同，本書所選，率皆詞林所習見者。於拗僻之調，概屏勿録，蓋求其雅，不求其備也。

音韻

審辨五音法

五音者，宫、商、角、徵音止、羽也。喉音爲宫，齒音爲商，牙音爲角，舌音爲徵，唇音爲羽。昔人填詞度曲，字字須審其音之所屬，而後精研以出之，故能律協聲諧，絶無落韻失腔之弊。韻書云：『欲知宫，舌居中；欲知商，開口張；欲知角，舌根縮；欲知徵，舌拒齒；欲知羽，口吻聚。』此即審辨五音之不二法門，而亦學習填詞者所當注意也。夫學詞與學詩，雖有難易之分，而其注重音韻則一。南宋時有内司所刊《樂府混成集》，列舉各種詞曲宫調，當日填詞家莫不奉爲圭臬。迨後，《混成集》失傳，好填詞者，但依舊譜，按字填綴，不復研究宫商，而詞律遂日漸廢矣。今欲學習填詞之法，不可不先審辨五音，至於辨别四聲，則已叙明在《學詩百法》第一則，玆不復述焉。

考正音律法

古人按律治譜，以詞定聲，故玉田生平好爲詞章，用功逾四十年，錘鍛字句，必求協乎音律。音生於日，律生於辰。日爲十母：甲乙，角也；丙丁，徵也；戊己，宮也；庚辛，商也；壬癸，羽也。辰爲十二子：六陽爲律，六陰爲呂。一曰黃鐘，元間大呂；二曰太簇，二間夾鐘；三曰姑洗，三間仲呂；四曰蕤賓，四間林鐘；五曰夷則，五間南呂；六曰無射（音亦），六間應鐘。此陰陽聲律之名也。五音中，宮屬土，徵所生，其聲濁；商屬金，宮所生，其聲次濁；角屬木，羽所生，其聲半清半濁；徵屬火，角所生，其聲次清；羽屬水，商所生，其聲最清。六律中，黃鐘，所以宣養六氣、九德也；

太簇，所以金奏贊揚出滯也；姑洗，所以修潔百物、考神納賓也；蕤賓，所以安靖神人、獻酬交酢也；夷則，所以咏歌九則、平民無貳也；無射，所以宣布哲人之令德，示民軌儀也；大呂，助宣揚也；夾鐘，出四隙之細也；仲呂，宣中氣也；林鐘，和展百事，俾莫不任肅純恪也；南呂，贊揚秀也；應鐘，均利器用，俾應復也。此陰陽聲律之説也。今欲使所填之詞，諧聲悦耳，則考正音律尤爲所當之急務，試附圖如下：

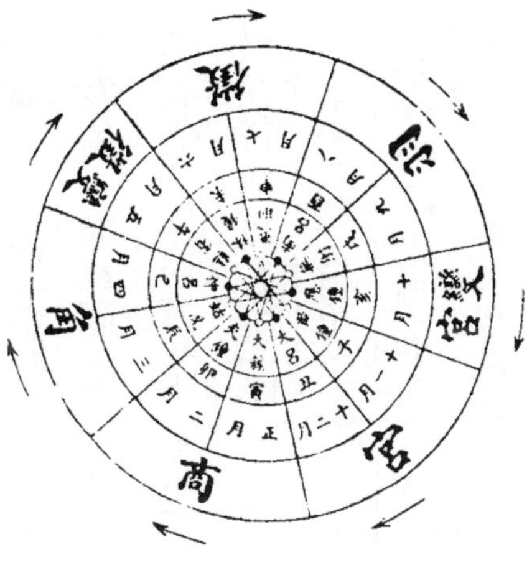

古者以宫、商、角、徵、羽五音爲正調，變宫、變徵爲變調，共爲七調，乘黄鐘、大吕、太簇、夾鐘、姑洗、仲吕、蕤賓、林鐘、夷則、南宫、無射、應鐘十二律，得八十四調。上圖以○爲陽之符號，以●爲陰之符號，外圍五音，係隔五相生；内圍律吕，則隔八相生。自黄鐘右旋，隔八而生林鐘，是宫生徵，陽生陰也；自林鐘右旋，隔八而生太簇，是徵生商，陰生陽也；自太簇右旋，隔八而生南吕，是商生羽，陽生陰也；自南吕右旋，隔八而生姑洗，是羽生角，陰生陽也；自姑洗右旋，隔八而生應鐘，是角生變宫，陽生陰也；自應鐘右旋，隔八而生蕤賓，是變宫生變徵，陰生陽也；自蕤賓右旋，隔八而生大吕，是由變徵還相爲宫，陽生陰也；自大吕右旋，隔八而生夷則，是又由宫而生徵，陰生陽也；自夷則右旋，隔八而生夾鐘，是又由徵而生商，陽生陰也；自夾鐘右旋，隔八而生無射，是又由商而生羽，陰生陽也；自無射右旋，隔八而生仲吕，是又由羽而生角，陽生陰也；自仲吕右旋，隔八而生黄鐘，是又由角而生宫，陰生陽也。五音相生之道，至此周而復始，故知律吕之數雖有十二，而其爲調實祇有七也。

如上所述，於考正音律之法不可謂不詳。苟學者不知其理，或知其理而不明其用，則將如之何？曰：是無傷也。夫聲音之道，出乎天然，吾人能於字之本音，分其輕重，辨其清濁，時時練習，讀之準確，則至下筆填詞之時，自不患其不協律矣。

分別陰陽法

昔人所作之詞，皆以播諸管弦，故陰陽之分，甚爲重要。陰陽即清濁也，元周德清論填詞之法，謂：『欲作樂府，必正言語；欲正言語，必宗中原之音。辨聲之平仄，別字之陰陽；字惟平有陰陽，而仄無之；聲惟有平、上、去，而入無之，以入聲派入平、上、去三聲也。』迨清初王鵕撰《音韻輯要》，始將上、去、入三聲各分陰陽，而合爲八音，實則陰陽之分，衹須先辨平聲，因平聲之陰陽，即可斷定上、去、入三聲之陰陽也。例如：『東』『同』二字，同爲平聲，而『東』字之音清而幽，陰聲也；『同』字之音濁而沉，陽聲也。『東』字之上聲爲『董』，故『董』字爲陰上聲；去聲爲『凍』，故『凍』字爲陰去聲；入聲爲『篤』，故『篤』字爲陰入聲。『同』字之上聲爲『動』，故『動』字爲陽上聲；去聲爲『洞』，故『洞』字爲陽去聲；入聲爲『獨』，故『獨』字爲陽入聲。作詞一調之中，陰聲字多則激越，陽聲字多則沉頓，必須相間用之，方能高下適宜。運用之妙，在乎一心，學者不可不辨別之。

今再略舉數例於左：

陰聲	陽聲	陰聲	陽聲
東董凍篤	同動洞獨	江講絳覺	陽養漾藥
居舉鋸菊	魚雨御玉	真軫震織	人忍潤入
歌哿箇谷	羅裸邏陸	家假價甲	麻馬罵襪
鳩九救擊	尤有宥亦	侵寢寖戚	尋靜净寂

剖析上去法

上、去二聲，其音絶然不同。上聲輕清而高，去聲重濁而遠，而在曲調中則反是。調之高者，宜用去聲字；調之低者，宜用上聲字。故詞中逢上、去二聲連用之處，用去、上者必佳，用上、去者次之。學者須剖析清楚，用之得當，而後所填之詞，方能抑揚有致矣。茲試舉詞之注重上、去二聲者一闋以爲例：

花犯 詠梅　　周邦彦

粉墻陰句，梅花照眼句，依然舊風味韻。露痕輕綴叶，疑净洗鉛華句，無限佳麗叶。去年勝賞曾孤倚叶，冰盤共燕喜叶。更可惜豆、雪中高士句，香篝熏素被叶。　今年對花太匆匆句，相逢似有恨句，依依愁悴叶。吟望久句，青苔上句，旋看飛墜叶。相將見豆、脆圓薦酒句，人正在豆、空江煙浪裏叶。但夢想豆、一枝瀟灑句，黄昏斜照水叶。〔一〕

右詞前段第一句『粉』字，必用上聲；第二句『照眼』二字，必用去上；第三句『舊』字，必用去聲；第五句『净洗』二字，必用去上；第六句『麗』字，必用去聲；第七句『勝賞』二字，必用去上，『倚』字必用上聲；第八句『燕喜』二字，必用上去；第九句『更可』二字，亦必用去上，『士』

字必用上聲；第十句『素被』二字，必用去上。

後段第二句『有恨』二字，必用上去；第三句『悴』字，必用上聲；第四句『望久』二字，必用去上；第六句『旋』字，必用去聲；第七句『見』字，亦必用去聲，『薦酒』二字，必用去上；第八句『浪裏』二字，亦必用去上；第九句『但夢想』三字，必用去去上，『灑』字必用上聲；第十句『照水』二字，必用去上。此調凡上去聲之必須遵守者，共三十四字，學者宜奉爲圭臬也。

檢用詞韻法

詞之用韻，觀似較寬於詩，實則較嚴於詩。蓋詩韻止分平仄，而詞則於平仄之中，又分上、去、入三聲。入本無聲，故可平、可上、可去。若夫上、去二聲，則各有其特立之獨質也。今欲學習填詞，不可不先知用韻。詞韻平聲獨押，上、去聲通押，入聲亦獨押。雖間有三聲通押者，然不多見。清初沈謙嘗取《詩韻》，分合而成《詞韻略》一書，至今填詞家皆習用之。此外，又有戈載之《詞林正韻》，李漁之《詞韻》四卷，許昂霄之《詞韻考略》，鄭春波之《緑猗亭詞韻》，謝天瑞、胡文煥之《文會堂詞韻》，吴烺、程名世諸人之《學宋齋詞韻》，類皆詳略不同，寬嚴各异，而要以沈氏之《詞韻略》爲最善。沈氏之本，取證古詞，考據甚博，統平、上、去三聲爲十四部，因入聲無與平、上、去通押之法，故又别爲五部，共十九部。今列其目於後：

第一部　（平）一東二冬通用

（仄）（上）一董二腫（去）一送二宋通用

第二部　（平）三江七陽通用

（仄）（上）三講二十二養（去）三絳二十二漾通用

第三部 （平）四支五微八齊十灰半通用

（仄）（上）四紙五尾八薺十賄半（去）四寘五味八霽九泰半十隊半通用

第四部 （平）六魚七虞通用

（仄）（上）六語七麌（去）六御七遇通用

第五部 （平）九佳半十灰半通用

（仄）（上）九蟹半十賄半（去）九泰半十隊半通用

第六部 （平）十一真十二文十三元半通用

（仄）（上）十一軫十二吻十三阮半（去）十一震十二問十三願半通用

第七部　(平)十三元半十四寒十五删一先通用
(仄)(上)十三阮半十四旱十五潸十六銑(去)十三願半十四翰十五諫十六霰通用
(入)四質十一陌十二錫十三職十四緝通用

第八部　(平)二蕭三肴四豪通用
(仄)(上)十七篠十八巧十九皓(去)十七嘯十八效十九號通用

第九部　(平)五歌獨用
(仄)(上)九蟹半二十哿(去)二十個通用

第十部　(平)九佳半六麻通用
(仄)(上)九蟹半二十一馬(去)九泰半二十一禡通用

第十一部（平）八庚九青十蒸通用
（仄）（上）二十三梗二十四迥二十五拯（去）二十三映
二十四徑二十五證通用
第十二部（平）十一尤獨用
（仄）（上）二十六有（去）二十六宥通用
第十三部（平）十二侵獨用
（仄）（上）二十七寑（去）二十七沁通用
第十四部（平）十二覃十四鹽十五咸通用
（仄）（上）二十八感二十九琰三十豏（去）二十八勘
二十九艷三十陷通用
第十五部（仄）一屋二沃通用

第十六部（仄）三覺十藥通用

第十七部（仄）四質十一陌十二錫十三職十四緝通用

第十八部（仄）五物六月七曷八黠九屑十六葉通用

第十九部（仄）十五合十七洽通用

配押詞韻法

宋賢詞令之妙，不但由其字句之斟酌盡善，即其字句之音韻，亦皆配押得當。故凡填詞能純用一韻者最佳，例如此闋應押平韻者，即於平聲中任取一韻；應押仄韻者，即於上、去、入三聲中，任取一韻。其叶韻亦即取材於本韻者最妙，如不得已，則始就其相通之韻叶之。今試將詞之押平韻者，舉例如下。此調前、後段各四句，共五韻。

琴調相思引　闕名

膽樣瓶兒幾點春韻，剪來猶帶水雲痕叶。且移孤冷，相伴最深樽叶。每爲惜花無曉夜，教人甚處不銷魂叶！爲君惆悵，何獨是黄昏叶？

押仄韻（即上、去聲）者，例如下。此調前段、後段各四句，共六韻。

關河令　周邦彦

秋陰時作漸向暝韻，變一庭淒冷叶。佇聽寒聲，雲深無雁影叶。更深人去寂靜叶，但照壁、孤燈相映叶。酒已都醒，如何消夜永叶？〔二〕

押入聲韻者，例如下。此調前、後段各六句，共十韻。

惜瓊花　張先

汀蘋白韻，苕水碧叶。每逢花駐樂叶，隨處歡席叶。別時攜手看春色叶，螢火而今，飛破秋夕叶。汴河流，如帶窄叶。任身輕似葉，何計歸得叶？

斷雲孤鶩青山極叶，樓上徘徊，無盡相憶叶。〔三〕

又有押疊韻之調，亦爲詞中所常見。如下調前、後段第一二句即是。

長相思 馮延巳

紅滿枝韻，緑滿枝叶。宿雨懨懨睡起遲叶。閑庭花影移叶。 憶歸期叶，數歸期叶。夢見雖多相見稀叶。相逢知幾時叶。

更有三疊押韻之法。如下調前、後段結句，皆承上韻疊三字也。

釵頭鳳 陸游

紅酥手韻，黄縢酒叶，滿城春色宫墻柳叶。東風惡換韻，歡情薄叶，一懷愁緒，幾年離索叶。錯叶、錯疊韻、錯疊韻。 春如舊叶首仄，人空瘦叶首仄，淚痕紅浥鮫綃透叶首仄。桃花落叶二仄，閑池閣叶二仄，山盟雖在，錦書難托叶二仄。莫叶二仄、莫疊韻、莫疊韻。〔四〕

變换詞韻法

詩惟古風换韻，近體則否。而詞則無論小令、長調，一闋之中，往往變换無常，或平起而仄結，或仄起而平結。其法分兩韻、三韻、四韻三種。兹先將兩韻平换仄式列下。此調首句用平，二句叶，三句换仄，四、五句叶。

南鄉子又一體　歐陽炯

嫩草如煙平韻，石榴花發海南天叶。日暮江亭春影淥换仄韻，鴛鴦浴叶，水遠山長看不足叶。

兩韻仄换平式如下。此調前段，首句用仄，二句叶，三句换平，四句叶。

感恩多　牛嶠

兩條紅粉淚仄韻，多少香閨意叶。强攀桃李枝换平韻，斂愁眉叶。陌上鶯啼蝶舞，柳花飛叶，柳花飛三字叠。願得郎心，憶家還早歸叶。

換兩韻而平仄間叶者，式如下。此調前段用平，後段起句換仄，二三兩句叶仄，末句叶前平。

濕羅衣

毛文錫

荳蔻花繁煙艷深平韻，丁香軟結同心叶。翠鬟女，相與共淘金叶。紅蕉葉裏惺惺語換仄韻，鴛鴦浦叶，鏡中鸞舞叶。絲雨隔，荔枝陰叶前平。

三韻上下用平，中間用仄，式如下。此調起韻用平，二韻換仄，三韻再換平。

鶴沖天

歐陽修

梅謝粉，柳拖金平韻，香滿舊園林叶。養花天氣半晴陰叶，花好却愁深叶。花無數換仄韻，愁無數叶。花好却愁春去叶。戴花持酒祝東風換平韻，千萬莫匆匆叶。

三韻上下用仄，中間用平，式如下。此調起韻用仄，二韻換平，三韻再換仄。

調笑令　馮延巳

春色，春色仄韻，依舊青山紫陌叶。日斜柳暗花蔫換平韻，醉卧春風少年叶。年少，年少換仄韻，行樂真須及早叶。

換三韻而平仄間叶者，式如下。此調前段首句用平，二句叶平，三句換仄，四句叶仄，五句叶前平；後段首句叶前仄，二句亦叶前仄，三句又叶前平，四句另換仄韻，五句叶仄，六句再叶前平。

定風波　葉夢得

破萼初驚一點紅平韻，又看青子映簾櫳叶。冰雪肌膚誰復見換仄韻，清淺叶，尚餘疏影照晴空叶前平。惆悵年年桃李伴叶前仄，腸斷叶前仄，祇應芳信負東風叶前平。待得微黃春亦暮換仄韻，煙雨叶。半和飛絮作濛濛叶前平。

換四韻者，大概平仄多相間而用，式如下。此調起韻用仄，二韻換平，三韻再換仄，四韻再換平。

怨王孫　李清照

夢斷漏悄，愁濃酒惱仄韻。寶枕生寒，翠屏向曉叶。門外誰掃殘紅換平韻，夜來風叶。玉簫聲斷人何處換仄韻？春又去叶，忍把歸期負叶。此情此恨此際，擬托行雲換平韻，問東君叶。〔五〕

尚有全換平韻者，例如下。此調前段用平韻，後段另換平韻。

臨江仙　馮延巳

冷紅飄起桃花片，青春意緒闌珊平韻。高樓簾幕卷輕寒叶。酒餘人散，獨自倚闌干叶。夕陽千里連芳草，風光愁煞王孫換平。徘徊飛盡碧天雲叶。鳳城何處？明月照黄昏叶。

更有全换仄韻者，例如下。此調前段用仄韻，後段另换仄韻。

木蘭花 韋莊

獨上小樓春欲暮仄韻，愁望玉關芳草路叶。消息斷，不逢人，却斂細眉歸繡户叶。坐看落花空嘆息换仄，羅袂濕斑紅淚滴叶。千山萬水不曾行，魂夢欲教何處覓叶？〔六〕

避忌落韻法

詞之爲道，最忌落韻。落韻者，即落腔之謂也。蓋用韻之喫緊處，全在起調與畢調。起是始韻，畢是末韻。某調當用何字起，某調當用何字畢，有一定不易之則，詞之諧、不諧，即由是以判焉。韻各有其類，亦各有其音，用之不紊，始能融入本調，收足本音耳。韻有四呼、七音、三十一等。呼分開合，音辨宮商，等叙清濁。而其要則有六：一曰穿鼻，二曰展輔，三曰斂唇，四曰抵齶，五曰直喉，六曰閉口。穿鼻之韻，東冬、江陽、庚青蒸三部是也，其字必從喉間反入，穿鼻而出作收韻，故謂之穿鼻。展輔之韻，支微齊灰半、佳半灰半二部是也，其字出口之後，必展兩輔如笑狀作收韻，故謂之展輔。斂唇之韻，魚虞、蕭肴豪、尤三部是也，其字在口半啓半閉，斂其唇以作收韻，故謂之斂唇。抵齶之韻，真文元半、元半寒删先二部是也，其字將終之際，以舌抵着上齶作收韻，故謂之抵齶。直喉之韻，歌、佳半麻二部是也，其字直出本音，以作收韻，故謂之直喉。閉口之韻，侵、覃鹽咸二部是也，其字閉其口以作收韻，故謂之閉口。凡平聲十四部，已盡於此，上、去即隨之，惟入聲有异耳。學者明此六音，庶幾韻不假借，而起調畢調，自然無不合矣，又何慮其落韻乎？

注释：

〔一〕此詞原未書作者，今補。又『粉牆陰』一句，通行本多作『粉牆低』。

〔二〕『秋陰時作』一句，通行本多作『秋陰時晴』，此據《詞綜》本作『作』。

〔三〕『汴河流，如帶窄』一句，原脫『汴』字，據《全宋詞》本補。

〔四〕『黃滕酒』，『滕』原誤作『藤』，據《全宋詞》本改。

〔五〕『翠屏向晚』，原作『翠屏尚晚』，據《全宋詞》本改。

〔六〕此處例詞解説原作：『此調前段用仄韻，二段第五句另換仄韻，三段第三句仍換仄韻。』例詞為辛棄疾《采桑子近》：『千峰雲起，驟雨一霎兒價（仄韻）。更遠樹斜陽，風景怎生圖畫（叶）。青旗賣酒，山那畔，別有人家（叶）。只消山水光中，無事過者一霎（叶）。午睡醒時，松窗竹戶，萬千瀟灑（叶）。野鳥飛來，又是一飛流萬壑（叶）。共千岩爭秀（換仄韻），孤負平生弄泉手。嘆輕衫帽，幾許紅塵？還自喜、濯髮滄浪依舊（叶）。人生行樂耳！身後虛名，何似生前一杯酒（換仄韻）。便此地結吾廬（叶）。待學淵明，更手種門前五柳（叶）。且歸去，父老約重來，問如此青山，定重來否（叶）？』此處錯將辛棄疾《采桑子近》和《洞仙歌》二詞糅合為一首，『又是一』下脫：『般閑暇。却怪白鷗，覷著人、欲下未下。舊盟都在，新來莫是，別有說話？』至此處截止，為《采桑子近》。自『飛流萬壑』起則為《洞仙歌》。詞既不對，舉例亦不合，故編輯訂正之，將例詞替換為韋莊《木蘭花》，合乎『全換仄韻』之例。

字句

填一字句法

詞句長短不同，而皆有一定之作法。其最短者，莫如《十六字令》中之第一句。今舉二例於下，其起首之『眠』字、『天』字，即押韻而成一字句也。

十六字令　周邦彥

眠韻，月影穿窗白玉錢叶。無人弄，移過枕函邊叶。

前調　蔡伸

天韻，休使圓蟾照客眠叶。人何在？桂影自嬋娟叶。

填二字句法

二字句有四種區別：一平平，二仄仄，三平仄，四仄平。茲分別舉例於下。所謂平平者，如《南鄉子》前段第四句之『茫茫』，後段第四句之『斜陽』是。所謂仄仄者，如《河傳》第一句之『曲檻』是。所謂平仄者，如《定風波》前段第四句之『爭忍』，後段第二句之『腸斷』，第五句之『音信』是。所謂仄平者，如《河傳》後段第六句之『斷腸』是。惟一、三兩種，均爲定格，平仄不能通用。二、四兩種，其前一字則可平可仄也。

南鄉子又一體　馮延巳

細雨濕流光韻，芳草年年與恨長叶。煙鎖鳳樓無限事，茫茫叶，鸞鏡鴛衾兩斷腸叶。　魂夢任悠揚叶，睡起楊花滿繡床叶。薄倖不來門半掩，斜陽叶，負你殘春淚幾行叶。

河傳又一體　顧敻

曲檻仄韻，春晚叶。碧梳紋細，緑楊絲軟叶。露花鮮，杏枝繁，鶯囀，野蕪平似剪叶。直是人間到天上換仄韻，堪游賞叶，醉眼疑屏障叶。步池塘換平韻，惜韶光叶。斷腸叶，爲花須盡狂叶。

定風波

歐陽炯

暖日閑窗映碧紗平韻，小池春水浸晴霞叶。數樹海棠紅欲盡換仄韻，争忍叶，玉閨深掩過年華叶前平。獨憑繡床方寸亂換仄韻，腸斷叶，淚珠穿破臉邊花叶前平。鄰舍女郎相借問換仄韻，音信叶，教人羞道未還家叶前平。

填三字句法

三字句有八種區别：一平仄仄，二仄平平，三平平仄，四仄仄平，五平仄平，六仄平仄，七平平平，八仄仄仄。前四種爲普通句法，後四種爲特别句法。兹特各舉一例於左。

所謂平仄仄者，如《歸國謡》首句之『江水碧』是。所謂仄平平者，如《南歌子》末句之『恨春宵』是。所謂平平仄者，如《鶴冲天》後段第一、二句之『啼鶯散』『餘花亂』是。所謂仄仄平者，如《長相思》首二句之『汴水流』『泗水流』是。所謂平仄平者，如《瀟湘神》首二句之『斑竹枝』是。所謂仄平仄者，如《天仙子》第五句之『淚珠滴』是。所謂平平平者，如平韻《憶秦娥》首句之『棲烏驚』，後段第五句之『相思情』是。所謂仄仄仄者，如《一葉落》首句之『一葉落』是。至於三字句之句法，雖有上一下二與上二下一之别，然字數甚少，其語氣尚無頓逗之處，填時似可不拘拘也。

歸國謡『國』一作『自』，『謡』一作『遥』　馮延巳

江水碧韻，江上何人吹玉笛叶。扁舟遠送瀟湘客叶。蘆花千里霜月

白叶，傷行色叶，明朝便是關山隔叶。

南歌子『歌』或作『柯』　温庭筠

轉盼如波眼，娉婷似柳腰韻。花裏暗相招叶。憶君腸欲斷，恨春宵叶。

鶴冲天　李煜

曉月墜，宿煙微平韻，無語枕頻欹叶。夢回芳草思依依叶，天遠雁聲稀叶。啼鶯散換仄韻，餘花亂叶，寂寞畫堂深院叶。片紅休掃儘從伊叶前平，留待舞人歸叶前平。

長相思　白居易

汴水流韻，泗水流叠韻，流到瓜洲古渡頭叶。吴山點點愁叶。思悠悠叶，恨悠悠叶，恨到歸時方始休叶。月明人倚樓叶。

瀟湘神　劉禹錫

斑竹枝韻，斑竹枝叠句，淚痕點點寄相思叶。楚客欲聽瑤瑟怨，瀟湘深夜月明時叶。

天仙子　皇甫松

晴野鷺鷥飛一隻韻，水葓花發秋江碧叶。劉郎此日別天仙，登綺席叶。淚珠滴叶，十二晚峰高歷歷叶。

憶秦娥又一體　高觀國

棲烏驚韻，隔窗月色寒於冰叶。寒於冰叠三字，淡移梅影，冷印疏櫺叶。幽香未覺魂先清叶，無端勾起相思情叶。相思情叠三字，惱人無睡，直到天明叶。

一葉落　唐莊宗

一葉落韻，搴珠箔叶。此時景物正蕭索叶。畫樓月影寒，西風吹羅幕叶。

吹羅幕疊三字，往事思量著叶。

填四字句法

四字句有十二種區別：一平平仄仄，二仄仄平平，三平仄仄平，四仄平平仄，五平平平仄，六仄仄仄平，七平仄平平，八仄平仄仄，九平平仄平，十仄仄平仄，十一平仄平仄，十二仄平平平。前二種爲普通句法，後十種爲特別句法。今仍各舉一例於後。所謂平平仄仄者，如《減字木蘭花》首句之『長亭晚送』是。所謂仄仄平平者，如《減字木蘭花》第三句之『小字還家』是。其第一字之平仄，均可通用。若上下兩句爲對句，則斷不能移易。如《綺羅香》第一、二句云『萬里飛霜』『千林落木』是。所謂平仄仄平者，如《四園竹》第四句之『螢度破窗』是。所謂仄平平仄者，如《感皇恩》前段第二句之『數聲鐘定』，後段第二句之『不堪重省』，第四句之『綺窗依舊』是。所謂平平平仄者，如《感皇恩》第四句之『朝來殘酒』是。所謂仄仄仄平者，如《感皇恩》後段第一句之『往事舊歡』是。所謂平仄平平者，如《蝶戀花》前段第二句之『纔過清明』，後段第二句之『誰在秋千』是。所謂仄平仄仄者，如《明月逐人來》前段第四句之『軟紅影裏』，後段第五句之『鳳幃未暖』是。所謂平平仄平者，如《醉太平》第一、二句之『情高意真』『眉長鬢青』是。所謂仄仄平仄者，如《荔枝香近》第三句之『舄履初會』是。所謂平仄平仄者，如《調笑令》首二句之『明月明月』，第六、七句之『長夜長夜』是。所謂仄平平平者，如《壽樓春》前段第五句之『照花斜陽』，後段第六句之『楚蘭魂傷』是。此外尚有四字全平與全仄之二種，但祇長調中特定之格有之，餘不多見。至於四字句之句法，多係兩字平行，間有作上一下三者，則係特別定格，不可改易，學者宜注意之。

減字木蘭花 晏幾道

長亭晚送仄韻，都似綠窗前日夢叶。小字還家換平韻，恰應紅燈昨夜花叶。

良時易過換仄韻，半鏡流年春欲破叶。往事難忘換平韻，一枕高樓到夕陽叶。

綺羅香又一體 張炎

萬里飛霜，千山落木，寒艷不招春妒韻。楓冷吳江，獨客又吟愁句叶。

正船檥、流水孤村，似花繞、斜陽歸路叶。甚荒溝、一片淒涼，載情不去載愁

去叶。長安誰問倦旅，羞見客顏借酒，飄零如許叶。漫倚新妝，不入洛

陽花譜叶。爲迴風、起舞樽前，盡化作、斷霞千縷叶。記陰陰、綠遍江南，夜

窗聽暗雨叶。

四園竹「四」或作「西」 周邦彥

浮雲護月，未放滿朱扉平韻。鼠搖暗壁，螢度破窗，偷入書幃叶。秋意濃，閑貯立、庭柯影裏換仄叶。好風襟袖先知叶前平。夜何其叶。江南路繞重山，心知謾與前期叶平。奈向燈前墮淚，腸斷蕭娘，舊日書辭叶。猶在紙換叶仄。雁信絕，清宵夢又稀叶前平。

感皇恩又一體　周邦彥

小閣倚晴空，數聲鐘定韻。斗柄垂寒暮天靜叶。朝來殘酒，又被春風吹醒叶。眼前猶認得，當時景叶。往事舊歡，不堪重省叶。自嘆多愁更多病叶。綺窗依舊，敲遍欄干誰應叶。斷腸明月下，梅搖影叶。〔一〕

蝶戀花　李煜〔二〕

遙夜亭皋閑信步韻，纔過清明，漸覺傷春暮叶。數點雨聲風約住叶，朦朧淡月雲來去叶。桃李依依香暗度叶，誰在秋千，笑裏輕輕語叶。一片芳心千萬緒叶，人間没個安排處叶。

明月逐人來　張元幹

花迷珠翠韻，香飄羅綺叶，簾旌外、月華如水叶。軟紅影裏，誰會王孫意叶。最樂昇平景致叶。　長記叶，宫中五夜，春風鼓吹叶。游仙夢、輕寒半醉叶，鳳幃未暖，歸去熏濃被叶。更問陰晴天氣叶。

醉太平　劉過

情高意真韻，眉長鬢青叶。小樓明月調箏叶，寫春風數聲叶。　思君憶君叶，魂牽夢縈叶，翠綃香暖雲屏叶。更那堪酒醒叶。

荔枝香近　周邦彦

夜來寒侵酒席，露微泫韻。舄履初會，香澤方熏，無端暗雨催人，但怪燈偏簾卷叶。回顧，始覺驚鴻去雲遠叶。　大都世間，最苦惟聚散叶。到得春殘，看即是、開離宴叶。細思別後，柳眼花鬚更誰翦叶。此懷何處消遣叶。

〔三〕

調笑令　馮延巳

明月韻，明月叠句。照得離人愁絶叶。更深影入空床換平韻，不道幃屏夜長叶。長夜換仄韻，長夜叠句。夢到庭花陰下叶。

壽樓春　史達祖

裁春衫尋芳韻。記金刀素手，同在晴窗叶。幾度因風殘絮，照花斜陽叶。誰念我，今無裳叶。自少年、消磨疏狂叶，但聽雨挑燈，欹床病酒，多夢睡時妝叶。飛花去，良宵長叶。有絲闌舊曲，金譜新腔叶。最恨湘雲人散，楚蘭魂傷叶。身是客，愁爲鄉叶。算玉簫、猶逢韋郎叶。近寒食人家，相思未忘蘋藻香叶。

填五字句法

五字句有四種區別：一平起仄收，二仄起平收，三平起平收，四仄起仄收（六七字句同）。茲試分別舉例於後。所謂平起仄收者，乃第二字平而末字仄也，如《菩薩蠻》後段第一句之『玉階空佇立』是。所謂仄起平收者，乃第二字仄而末字平也，如《憶江南》第二句之『獨倚望江樓』，末句之『腸斷白蘋洲』是。所謂平起平收者，乃第二字平而末字亦平也，如《菩薩蠻》前段末句之『有人樓上愁』，後段末句之『長亭連短亭』是。所謂仄起仄收者，乃第二字仄而末字亦仄也，如《生查子》前段末句之『梁燕雙來去』，後段末句之『淚滴黃金縷』是。以上四種句法，皆上二下三，而屬於普通者。又有上一下四一種，則係屬於特別者。蓋即從四字句上加一字豆也，如《醉太平》前段末句之『寫春風數聲』，後段末句之『更那堪酒醒』

（見前四字句法第七闋）。又《蘭陵王》第二段第五句之『愁一箭風快』，第八句之『望人在天北』等皆是。總之，各種句法，雖詞譜或注有可平可仄者，究以悉照古人原作爲宜。

菩薩蠻 李白

平林漠漠煙如織仄韻，寒山一帶傷心碧叶。暝色入高樓換平韻，有人樓上愁叶。玉階空佇立換仄韻，宿鳥歸飛急叶。何處是歸程換平韻，長亭連短亭叶。

憶江南 温庭筠

梳洗罷，獨倚望江樓韻。過盡千帆皆不是，斜暉脈脈水悠悠叶。腸斷白蘋洲叶。

生查子 魏承班

煙雨晚晴天，零落花無語韻。顧話此時情，梁燕雙來去叶。琴韻對熏風，有恨和情撫叶。腸斷斷弦頻，淚滴黄金縷叶。

蘭陵王

周邦彦

柳陰直韻，煙縷絲絲弄碧叶。隋堤上、曾見幾番，拂水飄綿送行色叶。登臨望故國叶。誰識叶？京華倦客叶。長亭路、年去歲來，應折柔條過千尺叶。閑尋舊蹤迹叶。又酒趁哀弦，燈照離席叶。梨花榆火催寒食叶。愁一箭風快，半篙波暖，回頭迢遞便數驛叶。望人在天北叶。凄惻叶。恨堆積叶。漸别浦縈迴，津堠岑寂叶。斜陽冉冉春無極叶。念月榭携手，露橋聞笛叶。沉思前事，似夢裏，淚暗滴叶。

填六字句法

六字句亦有四種區别，今仍舉例如下。所謂平起仄收者，如《念奴嬌》

前段末句之『冷香飛上詩句』，後段末句之『幾回沙際歸路』是。所謂仄起平收者，如《念奴嬌》後段第一句之『日暮青蓋亭亭』，《調笑令》第五句之『不道幃屏夜長』是（見前四字句法第九闋，下同）。所謂平起平收者，如《調笑令》第四句之『更深影入空床』，《水龍吟》首句之『鬧花深處層樓』是。所謂仄起仄收者，如《念奴嬌》後段第五句之『愁入西風南浦』，《調笑令》第三句之『照得離人愁絶』，末句之『夢到庭花陰下』是。以上四種句法，或則上二下四，或則上四下二，皆屬於普通者。尚有上一下五與上三下三之二種，則係屬於特别者。如《青玉案》第二句之『甚杖履來何暮』，即上一下五也。如《水龍吟》前段末句之『都付與鶯和燕』，即上三下三也。一則在五字句上加一字豆，一則在三字句上加三字豆，其平仄宜各從原詞，不能移易也。

念奴嬌

姜夔

鬧紅一舸，記來時、常與鴛鴦爲侶韻。三十六陂人未到，水佩風裳無數叶。翠葉吹凉，玉容消酒，更灑菰蒲雨叶。嫣然摇動，冷香飛上詩句叶。日暮青蓋亭亭，情人不見，争忍凌波去叶。祇恐舞衣容易落，愁入西風南浦叶。高柳垂陰，老魚吹浪，留我花間住叶。田田多少，幾回沙際歸路叶。

青玉案

張炎

萬紅梅裏幽深處韻，甚杖屨、來何暮叶。草帶湘香穿水樹叶。塵留不住，雲留却住叶。壺内藏今古叶。獨清懶入終南去叶，有忙事、修花譜叶。騎省不須重作賦叶。園中成趣，琴中得趣叶。酒醒聽風雨叶。

水龍吟

陳亮

鬧花深處層樓，畫簾半捲東風軟韻。春歸翠陌，平沙茸嫩，垂楊金淺叶。

遲日催花，淡雲閣雨，輕寒輕暖叶。恨芳菲世界，游人未賞，都付與、鶯和燕叶。寂寞憑高念遠叶，向南樓、一聲歸雁叶。金釵鬥草，青絲勒馬，風流雲散叶。羅綬分香，翠綃封淚，幾多幽怨叶。正銷魂，又是疏煙淡月，子規聲斷叶。

填七字句法

七字句有四種區別，亦如上述。其普通句法，分上三下五與上四下三二種，舉例如左。所謂平起仄收者，如《點絳唇》第二句之『社公雨足東風慢』，《菩薩蠻》首句之『平林漠漠煙如織』是(見前五字句法第一闋)。所謂仄起平收者，如《長相思》第三句之『流到瓜洲古渡頭』(見前三字句法第四闋)，《搗練子》第三句之『斷續寒砧斷續風』是。所謂平起平收者，如《搗練子》末句之『數聲和月到簾櫳』,《憶江南》第四句之『斜暉脈脈水悠悠』是(見前五字句第二闋,下同)。所謂仄起仄收者,如《憶江南》第三句之『過盡千帆皆不是』,《搗練子》第四句之『無奈夜長人不寐』是。以上四種句法,均前者爲上二下五,後者爲上四下三。此外尚有特别句法二種:一爲上一下六,一爲上三下四。如《雙雙燕》第七句之『又軟語商量不定』,即上一下六也。如《鵲橋仙》前段末句之『便勝却人間無數』,後段末句之『又豈在朝朝暮暮』,即上三下四也。實則上一下六者,乃加一字豆於六字句上;上三下四者,乃加三字豆於四字句上。學者可任意填之,不必拘守此法則也。

點絳唇

寇準

小陌輕寒,社公雨足東風慢韻。定巢新燕叶,濕雨穿花轉叶。象尺熏爐，拂曉停針綫叶。愁蛾淺叶，飛紅零亂叶，側卧珠簾捲叶。

搗練子 賀鑄

深院静，小庭空韻，斷續寒砧斷續風叶。無奈夜長人不寐，數聲和月到簾櫳叶。

雙雙燕又一體 史達祖

過春社了，度簾幕中間，去年塵冷韻。差池欲住，試入舊巢相並叶。還相雕梁藻井叶，又軟語商量不定叶。飄然快拂花梢，翠尾分開紅影叶。芳徑叶，芹泥雨潤叶。愛貼地争飛，競誇輕俊叶。紅樓歸晚，看足柳昏花暝叶。應是棲香正穩叶，便忘了、天涯芳信叶。愁損翠黛雙蛾，日日畫闌獨凴叶。

鵲橋仙 秦觀

纖雲弄巧，飛星傳恨，銀漢迢迢暗度韻。金風玉露一相逢，便勝却、人間無數叶。柔情似水，佳期如夢，忍顧鵲橋歸路叶。兩情若是久長時，又豈在、朝朝暮暮叶。

填對偶句法

詞中句法，至七字而盡矣。其七字以上者，大約加一字豆於七字句上，或加三字豆於五字句上，即爲八字句；加一字豆於兩四字句上，或加三字豆於六字句上，即爲九字句。除此之外，尚有填對句各法。或三四字者，或五六七字者。普通則平與仄對，仄與平對。其有平仄互相自對者，則係詞中特別對法。茲試各舉一例於左。三字對者，如《更漏子》前段第一、二句之『柳絲長，春雨細』，第四、五句之『驚塞雁，起城烏』，後段第四、五句之『紅燭背，繡簾垂』等皆是。四字對者，如《踏莎行》前段第一、二句之『小徑紅稀，芳郊緑遍』，後段第一、二句之『翠葉藏鶯，珠簾隔燕』等皆是。五字對者，如《南歌子》前段第一、二句之『風髻金泥帶，龍紋玉掌梳』，後段第一、二句之『弄筆偎人久，描花試手初』等皆是。六字對者，如《錦堂春》前段第一、二句之『樓上縈簾弱絮，墻頭礙月低花』，後段第一、二句之『舞鏡鸞衾翠減，啼珠鳳蠟紅斜』等皆是。七字對者，如《浣溪沙》後段第一、二句之『自在飛花輕似夢，無邊絲雨細如愁』是。平仄互相自對者，如《如夢令》第一、二句之『鶯嘴啄花紅溜，燕尾點波緑皺』是。學者須知詞之工整，雖在屬對，然總宜變換流動，斷不可僅以字面堆砌也。

更漏子 又一體　温庭筠

柳絲長，春雨細仄韻。花外漏聲迢遞叶。驚塞雁，起城烏換平韻。畫屏金鷓鴣叶。　香霧薄換仄韻，透簾幕叶，惆悵謝娘池閣叶。紅燭背，繡簾垂換平韻，夢長君不知叶。

踏莎行　晏殊

小徑紅稀，芳郊緑遍韻。高臺樹色陰陰見叶。春風不解禁楊花，濛濛亂撲行人面叶。翠葉藏鶯，珠簾隔燕叶。爐香静逐游絲轉叶。一場愁夢酒醒時，斜陽却照深深院叶。

南歌子　又一體　歐陽修

鳳髻金泥帶，龍紋玉掌梳韻。去來窗下笑相扶叶，愛道畫眉深淺入時無叶。弄筆偎人久，描花試手初叶。等閑妨了繡工夫叶，笑問鴛鴦兩字怎生書叶。

錦堂春　趙德麟

樓上縈簾弱絮，墻頭礙月低花韻。年年春事關心事，腸斷欲棲鴉叶。舞鏡鸞衾翠減，啼珠鳳蠟紅斜叶。重門不鎖相思夢，隨意繞天涯叶。

浣溪沙『沙』或作『紗』 秦觀

漠漠輕寒上小樓韻，曉陰無賴似窮秋叶。淡煙流水畫屏幽叶。自在飛花輕似夢，無邊絲雨細如愁叶。寶簾閑挂小銀鉤叶。〔四〕

如夢令 秦觀

鶯嘴啄花紅溜韻，燕尾點波綠皺叶。指冷玉笙寒，吹徹小梅春透叶。依舊叶，依舊叠句。人與綠楊俱瘦叶。

注释：

〔一〕此詞作者當為晁沖之。另此處所引例詞與通行本多有字句差異，如『斗柄垂寒暮天靜』通行本作『斗柄寒垂暮天淨』，『朝來』作『向來』，『又被春風』作『儘被曉風』，『猶認得』作『還認得』，『往事舊歡』作『舊恨與新愁』，『綺窗依舊』作『綺窗猶在』。

〔二〕此詞作者又一說為李冠。

〔三〕『始覺鷩鴻去雲遠』一句，原脱『雲』字，據《全宋詞》本補。

〔四〕『曉陰』，原誤作『曉鶯』，據《全宋詞》本改。

規則

檢用詞譜法

詞譜之種類甚多，爲初學所最適用者，莫若《白香詞譜》與《填詞圖譜》兩種。兩書於每字右旁，均附以平仄符號。平聲爲○，仄聲爲●，平而可仄者爲◓，仄而可平者爲◒。學者按圖填字，斷無失黏落腔之病。譜中又有數種名稱，今特詳述於左，俾學者檢用之時，不致茫無頭緒也。

一曰韻　凡詞譜中注有韻字者，即每闋詞中起首押韻之處。如《感皇恩》（見前四字句法第四闋，下同）第二句之『數聲鐘定』，『定』字即起韻也。

二曰叶　凡詞譜中注有叶字者，即與上句所押之韻，同屬一部，而不變換他韻。如《感皇恩》第三句之『斗柄垂寒暮天靜』，『靜』字與『定』字，同屬一部，即爲叶也。

三曰句　凡詞譜中注有句字者，即不押韻之句。如《感皇恩》第四句之『朝來殘酒』是也。

四曰豆　凡詞譜中注有豆，本作讀，圈去聲。即一句中之頓逗處。如《感皇恩》前半闋末句之『眼前猶認得、當時景』，得字處當作頓逗是也。

五曰換　凡詞譜中注有換平者，必其上句皆押仄韻，至此乃換平韻。如《减字木蘭花》（見前四字句法第一闋，下同）首二句爲『長亭晚送，都似緑窗前日夢』，起句送字押仄韻，第二句叶夢字，與送字同屬一部，而第三句乃爲『小字還家』，家是平韻，即爲換平。或上句皆押平韻，至此另換一平韻，亦稱換平。詞譜中注有換仄者，必其上句皆押平韻，至此乃換仄韻。如《定風波》（見前變換詞韻法第六闋，下同）首二句爲『破萼初驚一點紅，又看青子映簾櫳』，起句紅字押平韻，第二句叶櫳字，與紅字同屬一部，而第三句乃爲『冰雪肌膚誰復見』，見是仄韻，即爲換仄。或上句皆押仄韻，至此另換一仄韻，亦稱換仄。既換平韻之後，又換仄韻，與上文之仄韻不同一部者，謂之三換仄，如《减字木蘭花》後半闋第一句之『良時易過』是，過字又換仄韻，與上文之送字、夢字不同一部也。同屬一部者，謂之叶仄，如《定風波》後半闋第一句之『惆悵年年桃李伴』是，伴字與上文見字，同屬一部也。既換仄韻之後，又換平韻者，亦同此例。他若由三換仄而四換平，由三換平而四換仄者，更可以此類推。

六曰叠　凡詞譜中注有叠字者，有四種區别：一叠句，如《如夢令》（見前對偶句法第八闋）第五、六句之『依舊，依舊』是。二叠字，如《憶秦娥》（見前三字句法第七闋）前半闕第三句之『寒於冰』，後半闋第三句之『相思情』，皆疊前句之尾三字也。三倒疊字，如《調笑令》（見前四字句法第九闋）第六、七句之『長夜，長夜』，即倒疊前句之尾二字也。四疊韻。如《長相思》（見前配押詞韻法第四闋）首二句之『紅滿枝，緑滿枝』，後半闋第一、二句之『憶歸期，數歸期』，及《釵頭鳳》（見前配押詞韻法第五闋）前半闋結處之『錯，錯，錯』，後半闋結處之『莫，莫，莫』皆是。

七曰闋　詞譜中稱一首詞爲一闋。闋者，一曲告終而少息之謂也。凡雙調之詞，都兩闋而成一首，故稱詞之前半首爲前半闋，或稱前闋；稱詞之後半首爲後半闋，或稱後闋。其長調多至三四闋者，則稱第一闋、第二闋，以下類推。

研究要訣法

詞以空靈爲主，而不入於粗豪；以婉約爲宗，而不流於柔曼。意旨綿邈，音節和諧，樂府之正軌也。不善學之，則循其聲調，襲其皮毛。筆不能轉，則意淺，淺則薄；句不能鍊，則意卑，卑則靡。

詞要放得開，最忌步步相逢；又要收得回，最忌行行愈遠。必如天上人間，去來無迹方妙。

詞之章法，不外相靡相蕩。如奇正實空、抑揚開合、工易寬緊之類是也。詞之承接轉換，大抵不外紆徐斗健，交相爲用。所貴融會章法，按脈理節拍而出之。

空中蕩漾，是詞家妙訣。上意本可接入下意，却偏不入，而於其間傳神寫照，乃愈使下意栩栩欲動。

詞要不亢不卑，不觸不悖，驀然而來，悠然而逝。立意貴新，設色貴雅，構局貴變，言情貴含蓄，如驕馬弄銜而欲行，粲女窺簾而未出，則得之矣。

白描之句，不可近俗；修飾之句，不可太文。生香活色，當在即離之間。

僻詞作者少，宜渾脱乃近自然；常調作者多，宜生新斯能振動。

小令要言短意長，忌尖弱；中調要骨肉停勻，忌平板；長調要操縱自如，忌粗率。能於豪爽中著一二精緻語，綿婉中著一二激厲語，尤見錯綜之妙。

詞有叠字，三字者易，兩字者難，要安頓生動。詞有對句，四字者易，七字者難，要流轉圓愜。

詞中吞吐之妙，全在换頭、煞尾。换頭多偷聲，須和緩，和緩則句長節短，可容攢簇；煞尾多減字，須勁峭，勁峭則字過音留，可供摇曳。

詞之押韻，不必盡有出處，但不可杜撰。若只用出處押韻，却恐窒塞。

詞之句語，有二字、三字、四字、五字至六、七、八字者，若一味堆垛實字，勢必讀之不通，合用虚字呼喚。單字如正、但、甚、任之類，兩字如莫是、却又、那堪之類，三字如莫不是、最無端、又早是之類，此等虚字，要皆用得其當。若一詞之中，兩三次用之，便覺不好，謂之空頭字，不若徑用一静字，頂上道下來，句法又健，然亦不可多用。

填詞必先選料，大約用古人之事，則取其新僻，而去其陳因；用古人之語，則取其清雋，而去其平實；用古人之字，則取其鮮麗，而去其淺俗。

填詞之難，難於上不似詩，下不類曲。立於二者之中，致空疏者填詞，無意肖曲，而不覺彷彿乎曲。有學問人填詞，盡力避詩，而究竟不離於詩。

一則迫於捨此實無，一則苦於習久難變。欲去此二弊，當於淺深高下之間，悉心研究也。

襯逗虛字法

凡人無論作何文字，欲其姿態生動、轉折達意，皆不可不知虛字之用法，而填詞爲尤要也。長調之詞，曼聲大幅，苟無虛字以襯逗之，讀且不能成文，安能望通體之靈活乎？惟用於小令中，則宜加以審慎。襯逗之字，有一字、二字、三字等類，今試分列如左，俾學者可以採用焉。

一字類　正　但　待　甚　任　只　漫　奈　縱　便　又　況　恰　乍　早　更　莫　似　念　記　問　想　算　料　怕　看　盡　應

二字類　試問　莫問　莫是　好是　可是　正是　更是　又是　不

是　却是　却喜　却憶　却又　恰又　恰似　絶似　又還　忘却　縱把
拚把　那知　那番　那堪　堪羡　何處　何奈　誰料　漫道　怎禁
遥想　記曾　聞道　况值　無端　獨有　回念　乍向　只今　不須　多少

三字類　莫不是　都應是　又早是　又况是　又何妨　又匆匆　最無端　最難禁　更何堪　更不堪　更那堪　那更知　誰知道　君知否
君不見　君莫問　再休提　到而今　况而今　記當時　憶前番　當此際
問何事　倩何人　似怎般　怎禁得　且消受　都付與　待行到　便有人　拚負却　空負了　要安排　嗟多少

鍛鍊詞句法

古人一藝之成，輒竭其畢生之精力，消磨久長之歲月，而後有所成就，斷非鹵莽滅裂者所能奏功。況乎塡詞之學，拘於律，限於韻，長焉而不可減，短焉而不可增。設一闋之中，偶有一語之不工，一字之不穩，則全體必爲之減色。蓋詞家所最忌者，爲庸腐，爲生硬，若欲語語激得起，字字敲得響，鍛鍊之功，又曷可少哉？從前塡詞家如周淸眞之典麗、姜白石之騷雅、史梅溪之句法、吴夢窗之字面，皆有獨擅勝場之處。今從宋陸輔之《詞旨》，摘集古人對句、警句，分錄於後，以供學者之參考也。

對句

小雨分山，斷雲籠口。　煙橫山腹，雁點秋容。　問竹平安，點花番次。　穉柳蘇晴，故溪歇雨。　虛閣籠雲，小簾通月。　蟬碧勾花，雁紅攢月。　落葉霞翻，敗窗風咽。　風泊波驚，露零秋

冷。　花匜么弦，象奩雙陸。　珠[illegible]花輿，翠翻蓮額。　汗粉難融，
袖香新竊。　種石生雲，移花帶月。　斷浦沉雲，空山掛雨。　畫
裏移舟，詩邊就夢。　硯凍凝花，香寒散霧。　繫馬橋空，移舟岸
易。　疏綺籠寒，淺雲棲月。　竹深水遠，臺高日出。　香茸沾袖，
粉甲留痕。　就船換酒，隨地攀花。　調雨爲酥，催冰作水。　做
冷欺花，將煙困柳。　巧剪蘭心，偷粘草甲。　羅袖分香，翠綃封
淚。　池面冰膠，墻腰雪老。　枕簟邀涼，琴書換日。　薄袖禁寒，
輕妝媚晚。　倒葦沙閑，枯蘭洲冷。　綠芰擎霜，黃花招雨。　紫
曲迷香，綠窗夢月。　暗雨敲花，柔風過柳。　霜杵敲寒，風燈搖
夢。　盤絲擊腕，巧篆垂簪。　翠葉垂香，玉容消酒。　金谷移春，
玉壺貯暖。　擁石池臺，約花欄檻。　問月賒晴，憑春買夜。　醉

墨題香，閑簫弄玉。

警句

悶來彈鵲，又攪碎一簾花影。徐幹臣《二郎神》

雁足不來，馬蹄難駐，門掩一庭芳景。並同上

盡吸西江，細斟北斗，萬象爲賓客。扣舷獨嘯，不知今夕何夕？張于湖《念奴嬌》

寒光庭下水連天，飛起沙鷗一片。同上《西江月》

花影吹笙，滿地淡黄月。范石湖《醉落魄》

涼滿北窗，休共軟紅説。並同上

燈花結，片時春夢，江南天闊。同上《憶秦娥》

惟有兩行低雁，知人倚畫樓月。同上《霜天曉角》

應把花卜歸期，纔簪又重數。辛稼軒《祝英臺近》
是他春帶愁來，春歸何處？却不解將愁帶去。並同上
翠銷香暖雲屏，更那堪酒醒。劉龍洲《醉太平》
燕子不來花有恨，小院春深。劉靜寄《浪淘沙》
海棠影下，子規聲裏，立盡黃昏。洪平齋《眼兒媚》
相思無處説相思，笑把畫羅小扇覓春詞。徐山民《南柯子》
妾心移得在君心，方知人恨深。同上《阮郎歸》
驚起半簾幽夢，小窗淡月啼鴉。劉小山《清平樂》
千樹壓西湖寒碧。姜白石《暗香》
波心蕩，冷月無聲。同上《揚州慢》
昭君不慣胡沙遠，但暗憶江南江北。同上《疏影》

墻頭喚酒，誰問訊、城南詩客？岑寂。高柳晚蟬，報西風稍息。同上

《惜紅衣》

問甚時、同賦三十六陂秋色。並同上

冷香飛上詩句。同上《念奴嬌》

一般離思兩消魂，馬上黄昏，樓上黄昏。劉招山《一剪梅》

絮飛春盡，天遠書沉，日長人瘦。孫花翁《燭影摇紅》

臨斷岸，新緑生時，是落紅帶愁流處。記當日、門掩梨花，剪燈深夜語。

史梅溪《綺羅香》

愁損玉人，日日畫欄獨憑。同上《雙飛燕》

恐鳳鞋挑菜歸來，萬一灞橋相見。同上《東風第一枝》

新愁萬斛，爲春瘦，却怕春知。高竹屋《金人捧露盤》

驚愁攪夢，更不管庾郎心碎。同上《祝英臺近》

悠悠歲月天涯醉，一分秋，一分憔悴。張東澤《桂枝香》

揣摩詞眼法

填詞句法，最宜講究字面。字面即詞中起眼處，故亦謂之『詞眼』。講究之法，當取温飛卿、李長吉、李商隱及唐人諸家詩句中字面之好而不俗者，簡鍊揣摩。今試摘録於下。每句中之兩虛字，即所謂『詞眼』也。詞眼之下，以·作符號，學者宜注意之。

燕嬌·鶯姹·　綠肥·紅瘦·　籠·燈燃·月　醉·雲醒·月　挑·雲研·雪　柳昏·花暝·

翠陰·香遠·　玉嬌·香怨·　蝶悽·蜂慘·　柳腴·花瘦·　綰·燕吟·鶯　燕昏·鶯曉·

漁·煙鷗·雨　翠顰·紅妒·　愁·臙恨·粉　月約·星期·　雨今·雲古·　恨·煙顰·雨

燕窺鶯認　愁羅恨綺　移紅換紫　聯詩換酒　選歌試舞　舞勾歌引

選擇調名法

詞之題意，不外言情、寫景、紀事、詠物四種。題意與音調相輔以成，故作者拈得題目，最宜選擇調名。蓋選調得當，則其音節之抑揚高下，處處可以助發其意趣。其法須將各調音節，爛熟胸中，而後始有臨時選擇之能力。惟是詞調多至千有餘體，何題宜用何調，豈能一一記憶？神而明之，仍在學者。茲試述其大略於左：

《滿江紅》《念奴嬌》《水調歌頭》三體，宜爲慷慨激昂之詞。小令《浪淘沙》，音調尤爲激越，用之懷古撫今，最爲適當。

《浣溪沙》《蝶戀花》二體，音節和婉，作者最多，宜寫情，亦宜寫景。

《臨江仙》《凄清道上》二體，最宜用於寫情，對句兩兩作結，句法更見挺拔。

《洞仙歌》，宛轉纏綿，可以寫情，可以紀事，一疊不足，作若干疊者更妙。

《祝英臺近》，頓挫得神，用以紀事，亦甚佳妙。

《齊天樂》，音調高雋，宜用於寫秋景之詞。

《金縷曲》，宜用以寫抑鬱之情。此調變體甚多。别名《賀新郎》，可賦本意，用以賀婚。

《沁園春》，多四字對句，宜於咏物。别名《壽星明》，可賦本意，用以祝壽。

《高陽臺》，跌宕生姿，亦爲寫情佳調。

《金菊對芙蓉》一調，有回鸞舞鳳之姿，用以紀事、咏物，皆流利可愛。

布置格局法

作文之法，一題到手，先審明其題理，然後命意布局，首尾如何起結，中間如何扼要，振筆疾書，自無枝枝節節、格格不吐之病。作文然，填詞亦何獨不然。故作者每得一調，必先視其字數多寡，以定局勢之廣狹；再審其音節之抑揚高下，以定字面之虛實輕重。腔之頓挫處，即詞之頓挫處；腔之轉折處，即詞之轉折處。古人填詞，往往前半闋寫景，後半闋寫情；或先寫情而後寫景，或景中帶情，或情中雜景。或單調不盡而雙調、而三疊、四疊者，類如疊嶂奇峰，層層入勝；絕非疊床架屋，處處增厭也。總之，填詞之法，先當審題擇調，次則命意布局，務於起結之處，首尾銜接，過變之處，血脈貫通。無論幾許波折，自能一氣卷舒也。

運用古事法

運用古事，莫若明事暗用、隱事明用。如蘇東坡之《永遇樂》云：『燕子樓空，佳人何在，空鎖樓中燕。』用張建封事，入古而化，自是詞林妙品。又《點絳唇》云：『不用悲愁，今年身健還高宴。江村海甸，總作空花觀。尚想横汾，蘭菊紛相半。樓船遠，白雲飛亂，空有年年雁。』上半用工部句，下半用漢武故事。運實於虛，最得用古之法。姜白石之《疏影》云：『猶記深宮舊事，那人正睡裏，飛近蛾緑。』用壽陽公主事，所謂明事暗用也。又云：『昭君不慣胡沙遠，但暗記、江南江北。想珮環、月下歸來，化作此花幽獨。』用少陵詩，所謂隱事明用也。又《容齋四筆》載朱仲翊詠五月菊詞云：『舊日東籬陶令，北窗正傲羲皇。』蓋淵明於五六月高卧北窗之下，清風颯至，自謂羲皇上人。用此事於五月菊，洵爲清切有味。學者於此，可以悟運用古事之法。

填詞起結法

小令篇幅甚短，著墨不多，中間無回旋之餘地，故其起處須意在筆先，結處須意留言外。起處不妨用偏鋒，結處最宜用重筆。前半從旁面、側面做出姿態，略略翻騰，點到本題，立即煞住，而又不可將意思説盡，方爲佳構。

小令起句，如周邦彦云：『并刀如水，吴鹽勝雪，纖指破新橙。』正是用偏鋒也。小令結語，如温庭筠之『一葉葉，一聲聲，空階滴到明』，正是用重筆也。此等句法，極鍛鍊，亦極自然，故能令人掩卷後，猶作三日之想。

長調謀篇立局，須首尾銜接，一氣卷舒。其起處宜以駘蕩出之，如太原公子裼裘而來，或先於題意作進一層説，或先籠罩全首大意。如辛稼軒之『更能消、幾番風雨，匆匆春又歸去』，吴夢窗之『送人猶未苦，苦送春隨人去天涯』，皆工於發端者也。

長調兩結，最爲緊要。前結如奔馬收韁，尚存後面地步，有住而不住之勢；後結如泉流歸海，回環通首源流，有盡而不盡之意。方能使通體靈活，無重複堆垛之病

填詞轉折法

詩詞雖同一機杼，而詞家氣象，有時與詩微有不同。詩以雄直爲勝，宜若長江大河，一瀉千里；詞以婉轉爲上，宜若九曲湘流，一波三折。唐

有無名氏咏醉公子詞云：『門外猧兒吠，知是蕭郎至。剗襪下香階，冤家今夜醉。扶得入羅幃，不肯脱羅衣。醉則從他醉，還勝獨睡時。』此詞始則聞其聲至而喜，是一層；繼則見其醉而怒，是又一層；繼又强扶其醉，使之入幃，轉怒爲憐，是又一層；又繼則强之入幃，不肯脱衣，轉憐爲恨，是又一層；終則以雖不脱衣，勝於獨睡，轉恨爲恕，自家開脱。一篇之中，語語轉，字字折，寫盡醉公子態，可謂神乎技矣。讀此可以悟填詞轉折之法。

填詞言情法

言情之詞，貴乎婉轉，最忌率直。語一率直，意即膚淺，勢必難成佳構。兹舉二例如下，一則怨而不怒，深得《國風》《小雅》之遺；一寫别離之情，哀怨動人，皆可爲初學之金科玉律也。

摸魚兒 辛棄疾

更能消、幾番風雨，匆匆春又歸去。惜春長怕花開早，何況落紅無數。春且住。見說道、天涯芳草無歸路。怨春不語。算只有殷勤，畫檐蛛網，盡日惹飛絮。
長門事，準擬佳期又誤。蛾眉曾有人妒。千金縱買相如賦，脈脈此情誰訴？君莫舞，君不見、玉環飛燕皆塵土。閑愁最苦。休去倚危欄，斜陽正在、煙柳斷腸處。

琵琶仙 姜夔

雙槳來時，有人似、舊曲桃根桃葉。歌扇輕約飛花，蛾眉正奇絕。春漸遠，汀洲自綠，更添了、幾聲啼鴂。十里揚州，三生杜牧，前事休說。
又還是、宮燭分煙，奈秋裏、匆匆換時節。都把一襟芳思，與空階榆莢。千萬縷藏鴉細柳，爲玉尊、起舞回雪。想見西出陽關，故人初別。

填詞寫景法

寫景之詞大別之，可分四類：一爲山水，二爲園囿，三爲節令，四爲游宴。試各舉一例於左：

壺中天　張炎

揚舲萬里，笑當年、底事中分南北。須信平生無夢到，却向而今游歷。老柳官河，斜陽古道，風定波猶直。野人驚問，泛槎何處狂客？迎面落葉蕭蕭，水流沙共遠，都無行迹。衰草凄迷秋更緑，惟有閑鷗獨立。浪挾天浮，山邀雲去，銀浦橫空碧。扣舷歌斷，海蟾飛上孤白。〔一〕

掃花游　張炎

煙霞萬壑，記曲徑幽尋，霽痕初曉。緑窗窈窕，看垂花嚲石，就泉通沼。幾日不來，一片蒼雲未掃。自長嘯，悵喬木荒涼，都是殘照。碧天秋浩渺。聽虛籟泠泠，飛下孤峭。山空翠老。步仙風、怕有採芝人到。野色閑門，芳草不除更好。境深悄，比斜川又清多少？

風入松

李肩吾

霜風連夜做冬晴，曉日千門。香葭暖透黃鐘管，正玉臺、彩筆書雲。竹外南枝意早，數花開對清樽。香閨女伴笑輕盈，倦繡停針。花磚一綫添紅景，看從今、迤邐新春。寒食相逢何處？百單五個黃昏。

解語花

周美成

風銷焰蠟，露浥烘爐，花市燈相射。桂華流瓦，纖雲散、耿耿素娥欲下。衣裳淡雅，看楚女、纖腰一把。簫鼓喧、人影參差，滿路飄香麝。因念都城放夜。望千門如畫，嬉笑游冶。鈿車羅帕，相逢處、自有暗塵隨馬。年光是也。惟只見、舊情衰謝。清漏移，飛蓋歸來，從舞休歌罷。〔二〕

填詞紀事法

紀事之詞，莫妙於以不言言之，非不言也，寄言也。如寄深於淺，寄厚於輕，寄勁於婉，寄直於曲，寄實於虛，寄正於餘皆是。今録近人詞一闋以爲例：

渡江雲 蔣鹿潭

春風燕市酒，旗亭賭醉，花壓帽檐香。暗塵隨馬去，笑擲絲鞭，擪笛傍宫墻。流鶯別後，問可曾、添種垂楊？但聽得、哀蟬曲破，樹樹總斜陽。堪傷。秋生淮海，霜冷關河，縱青衫無恙。空換了、二分明月，一角滄桑。雁書夜寄相思淚，莫更談、天寶淒凉。殘夢醒，長安落葉啼螿。〔三〕

填詞咏物法

詠物之詞，最不易作。體認太真，則拘而不暢；摹寫稍遠，則晦而不明。惟能不脱不黏，方爲恰到好處。兹舉二例於左，前一闋詠梅，後一闋詠雁，皆能深得此法者也。

瑞鶴仙 辛棄疾

雁霜寒透幕。正護月雲輕，嫩冰猶薄。溪奩照梳掠。想含香弄粉，靚妝難學。玉肌瘦弱，更重重、龍綃襯著。倚東風、一笑嫣然，轉盼萬花羞落。寂寞。家山何在，雪後園林，水邊樓閣。瑶池舊約，鱗鴻更仗誰托。粉蝶兒、只解尋花覓柳，開遍南枝未覺。但傷心、冷淡黄昏，數聲畫角。

解連環 張炎

楚江空晚。悵離群萬里，恍然驚散。自顧影、欲下寒塘，正沙净草枯，水平天遠。寫不成書，只寄得、相思一點。嘆因循誤了，殘氈擁雪，故人心眼。誰憐旅愁荏苒。謾長門夜悄，錦箏彈怨。想伴侶、猶宿蘆花，也曾念春前，去程應轉。暮雨相呼，怕驀地、玉關重見。未羞他、雙燕歸來，畫簾半捲。

注释：

〔一〕『落葉蕭蕭』一句，原作『綠葉蕭蕭』，據《全宋詞》本改。

〔二〕『簫鼓喧』一句，原作『簫鼓喧闐』，通行本皆作『簫鼓喧』。按詞律，『闐』是衍文，故删。

〔三〕『擫笛傍宮牆』一句，『擫』原誤作『壓』，『空換了』一句，原脱『空』字，據蔣春霖《水雲樓詞》改。

源流

探溯詞源法

詞者，樂府之變，肇於漢世，具於六朝。若按其音律，則又《雅》《頌》之遺也。試取《詩》以證之：《召南·殷其雷》篇云：『殷其雷，在南山之陽。』此三五言調也。《小雅·魚麗》篇云：『魚麗于罶，鱨鯊。』此二四言調也。《齊風·還之》篇云：『遭我乎猺之間兮，並驅從兩肩兮。』此六七言調也。《召南·江有汜》篇云：『不我以，不我以。』此叠句調也。《豳風·東山》篇云：『我來自東，零雨其濛。鸛鳴于垤，婦嘆于室。』此换韻調也。《召南·行露》篇云：『厭浥行露。』其第二章云：『誰謂雀無角。』此换頭調也。蓋古代之詩，多可入樂，而後世之詞，乃詩之協律者也。故欲探溯填詞之源，捨《三百篇》而外，未由他求。今再録諸家之説，以資考證。

王述庵《詞綜序》云：『蓋詞實繼古詩而作，而本於樂。樂本乎音，有清濁、高下、輕重、抑揚之别，乃爲五音十二律以著之。非句有長短，無以宣其氣而達其音。故孔氏穎達《詩正義》謂：《風》《雅》《頌》有一二字爲句，及至八九字爲句者，所以和人聲而無不均也。《三百篇》後，《楚辭》亦以長短爲聲。至漢《郊祀歌》《鐃吹曲》《房中歌》莫不皆然。蘇、李畫以五言，而唐時優伶所歌，則七言絶句，其餘皆不入樂府。李太白、張志和以詞續樂府，不知者謂詩之變，而其實詩之正也。由唐而宋，多取詞入於樂府，不知者謂樂之變，而其實所以合樂也。』又云：『國朝念詩樂失傳甚久，命儒臣取《三百篇》譜之，著以四上五六諸音，列以琴瑟簫管諸器，於是《三百篇》皆可奏之樂部。今之詞，苟使伶人審其陰陽平仄，節其太過，而濟其不足，安有不可入樂之詞？可入樂，即與詩之入樂無异也。是詞乃詩之苗裔，且以補詩之窮。余故表而出之，以爲今之詞，即古之詩，即孔氏之所謂長短句。』

朱竹垞《群雅集序》云：『用長短句製樂府歌詞，由漢迄南北朝皆然。唐初以詩被樂，填詞入調，則自開元、天寶始。逮五代十國，作者漸多，有《花間》《尊前》《家宴》等集。宋之太宗洞曉音律，製大小曲，及因舊曲造新聲，施之教坊舞隊，曲凡三百九十。又琵琶一曲，有八十四調。仁宗於禁中度曲時，有若柳永；徽宗大晟名樂時，有若周邦彥、曹組、辛次膺、万俟雅言，皆明於宮調，無相奪倫者也。洎乎南渡，家各有詞，雖道學如朱仲晦、真希元，亦能倚聲中律呂，而姜夔審音尤精。終宋之世，樂章大備。四聲二十八調，多至十餘曲，有引、有序、有令、有慢、有近、有犯、有賺、有歌頭、有促迫、有攤破、有摘遍、有大遍、有小遍，有轉踏、有轉調、有增減字、有偷聲，惟因劉昺所編《燕樂新書》失傳，而八十四調圖譜不見於世。雖有歌師、板師，無從知當日之琴趣簫笛譜矣。』

樓上舍儼曰：『詩變爲詞，詞變爲曲，歷世久遠。聲律之分合，均奏之高下，音節之緩急過渡，既不得盡知。至若作者才思之深淺，不係文字之多寡，顧世之作譜者，類從《歸自謠》銖累寸積，及於《鶯啼序》而止。以字之長短分調，安能各得其所？莫如論宮調之可知者序於前，餘以時代先後爲次，斯世運升降，可以觀焉。』

方成培《香研居詞麈·原詞之始》云：『古者詩與樂合，而後世詩與樂分。古人緣詩而作樂，後人倚調以填詞。古今若是其不同，而鐘律宮商之理，未嘗有异也。自五言變爲近體，樂府之學幾絶。唐人所歌，多五七言絶句，必雜以散聲，然後可被之管弦，如《陽關》必至三叠而後成者，此自然之理。後來遂譜其散聲，以字句實之，而長短句興焉。故詞者所以濟近體之窮，而上承樂府之變也。』

觀於以上諸説，則於詞之源流，已甚明晰。試再進而述詞與曲之同异也。

分别詞曲法

詞曲同源，古今一體。如南北劇與詞同者，小令之《憶王孫》，即北劇【仙吕調】；中調之《青杏兒》，即北劇【小石調】。他若小令之《搗練子》《生查子》《點絳唇》《卜算子》《謁金門》《憶秦娥》《海棠春》《秋蕊香》《燕歸巢》《浪淘沙》《鷓鴣天》《虞美人》《鵲橋仙》《步蟾宫》《梅花引》《霜天曉角》，中調之《唐多令》《一剪梅》《行香子》《破陣子》《天仙子》《青玉案》《風入松》《剔銀燈》《戀芳春》《意難忘》《傳言玉女》《祝英臺近》，長調之《滿江紅》《滿庭芳》《念奴嬌》《絳都春》《高陽臺》《喜遷鶯》《真珠簾》《齊天樂》《二郎神》《花心動》《燭影摇紅》《東風第一枝》，皆南劇之【引子】。小令之《柳梢青》《賀聖朝》，中調之《醉春風》《驀山溪》《紅林檎近》，長調之《聲聲慢》《桂枝香》《永遇樂》《解連環》《沁園春》《賀新郎》《哨遍》《八聲甘州》，皆南劇之【慢詞】。詞與曲本不分，自古無不可入樂之詞。後因作者不明律吕，所填之詞不入調，而語則甚佳，讀者不忍割棄，於是以不可度之腔謂之調，即以可唱之詞，别名爲曲，而詞曲遂分。况乎金元以降，樂律失傳，填詞者但就古人成法，不敢稍變，而製曲則宫譜俱存，儘可偷聲减字，伸縮於軌律之中。以是之故，詞與曲之途徑日歧，而不得不分别也。

辯别詞體法

詞體叢雜，各家詞譜，盲從臆測，均不能無差誤。如《粉蝶兒》與《惜奴嬌》，本爲兩體，而張南湖《詩餘譜》與舒白香《詞譜》，則誤而爲一。如《念奴嬌》之與《無俗念》《百字謠》，《賀新郎》之與《金縷曲》，《金人捧露盤》之與《上西平》，本爲一體，而程明善《嘯餘譜》，則分載數體。他若《燕臺春》即《燕春臺》，《大江乘》即《大江東》，《秋霽》即《春霽》，《棘影》即《疏影》，因訛字而列數體，甚至錯亂句讀，增減字數，而强綴標目、妄分韻脚者，更不一而足。萬紅友《詞律》，出板較晚，於諸書多所糾正，學者可取之以爲參考，庶於辨别詞體，有頭緒可尋，不致茫無適從也。

考正調名法

唐人之詞，必緣題製調，故詞旨多與調名相符。如《臨江仙》則言水仙，《女冠子》則述道情，《河瀆神》則緣祠廟，《巫山一段雲》則狀巫峽，《醉公子》則咏公子醉也。宋人則因調填詞，故詞旨多與調名不合。如『流水孤村』『曉風殘月』等篇，皆與調名無與，甚至衍爲慢、引。新聲日繁，每創一曲，輒製异名，而調名之龐雜，至於不可勝計。今欲加以考正，則不可不知調名之起原。例如《蝶戀花》，取梁元帝『翻階蛺蝶戀花情』句。《滿庭芳》，取吴融『滿庭芳草易黄昏』句。《點絳唇》，取江淹『白雪凝瓊貌，明珠點絳唇』句。《鷓鴣天》，取鄭嵎『春游鷄鹿塞，家在鷓鴣天』句。《惜餘春》，取太白賦語。《浣溪沙》，取少陵詩意。《青玉案》，取《四愁詩》語。《踏莎行》，取韓翃『踏莎行草過青溪』句。《西江月》，取衛萬『只今惟有西江月』句。《菩薩蠻》，西域婦髻也。《蘇幕遮》，西域婦帽也。《尉遲杯》，尉遲敬德飲酒，必用大杯也。《蘭陵王》，每入陣，必先歌其勇也。《生查子》，『查』，古『槎』字。取張騫乘槎事也。《玉樓春》，取白樂天『玉樓宴罷醉和春』句也。

《丁香結》，取古詩『丁香結新恨』句也。《霜葉飛》，取杜詩『清霜洞庭葉，故欲別時飛』句也。《清都宴》，取沈隱侯『朝上閶闔宮，夜宴清都闕』句也。《風流子》，出《文選注》，風流，言其風美之聲，流於天下；子者，男子之通稱也。《荔枝香》出《唐書》，貴妃生日，命小部奏新曲，未有名，適進荔枝至，因名『荔枝香』。《解語花》出《天寶遺事》，明皇稱貴妃語。《解連環》出《莊子》，『連環可解也』。《華胥引》出《列子》，『黄帝晝寢，夢游華胥之國』。《塞垣春》，『塞垣』二字出《後漢書·鮮卑傳》。《玉燭新》，『玉燭』二字出《爾雅》。《多麗》，妓名，善琵琶者也。《念奴嬌》，唐明皇宫人念奴也。以上所舉，不過十之一二，學者讀唐人之詞，不難望文生義，而一一考正也。

講究令慢法

詞有小令、中調、長調之分。唐之樂府，皆小令也。其後以小令微引而長之，於是有《陽關引》《千秋歲引》《江城梅花引》之類；又謂之近，如《訴衷情近》《祝英臺近》之類。引者、近者，謂以音調相近，從而引之也。引而愈長者謂之慢，如《木蘭花慢》《長亭怨慢》《拜新月慢》之類。慢與曼通。曼之訓，引也，長也。總之，令者，樂家所謂小令也。引與近者，樂家所謂中調也。慢者，樂家所謂長調也。不曰令、曰引、曰近、曰慢，而曰小令、中調、長調者，取人人易解，又能包括衆題也。至錢塘毛氏以五十八字以内爲小令，五十九字至九十字爲中調，九十一字以外爲長調。萬紅友駁斥之，謂少一字即短，多一字即長，必無是理，故其《詞律》不分小令、中調、長調等名。其實二氏之説，多不近理。夫小令即引子也，中調即過曲也，長調即慢詞也。在曲譜中固有區别，豈得謂詞調中可無講究乎？

派别

晚唐諸家詞法

詞之派别，始於晚唐，李白、温庭筠而後，作者輩出，《花間》所選，未逮十一。李字太白，生於蜀昌明之青蓮鄉，故又號『青蓮居士』，天才英特。賀知章見其文，嘆爲『謫仙』，言於玄宗，供奉翰林。後坐事流夜郎，遇赦得還。其所爲詞，當以《菩薩蠻》《憶秦娥》二闋，爲百代詞祖，不特音節頓挫，與詩迥异，即以文體而論，亦復清奇秀折。他若韋應物、戴叔倫、王建、韓翃輩，亦皆各創新調。而温庭筠根柢《離騷》，填詞最工。温字飛卿，太原人。少敏悟，工爲詞章，然無行，不修邊幅，所作多側詞艷曲。與丞相令狐綯友善，會宣宗愛唱《菩薩蠻》詞，狐綯假其修撰，密進取媚，戒庭筠勿泄，而庭筠遽以告人，由是疏之。兹舉李、温二人之詞各一闋於後：

憶秦娥 李白

簫聲咽，秦娥夢斷秦樓月。秦樓月，年年柳色，灞陵傷別。樂游原上清秋節，咸陽古道音塵絶。音塵絶，西風殘照，漢家陵闕。

菩薩蠻 温庭筠

小山重叠金明滅，鬢雲欲度香腮雪。懶起畫蛾眉，弄妝梳洗遲。照花前後鏡，花面交相映。新帖繡羅襦，雙雙金鷓鴣。

五代諸家詞法

五代君臣咸好聲律，詞華之美，尤推南唐父子。後主李煜，字重光，元宗第六子，善爲詞，其所作小令，莫不清逸綿麗，出色當行。同時蜀有韋莊、牛嶠、毛文錫、歐陽炯等，皆以詞鳴；而南唐馮延巳尤纏綿可愛，馮字正中，廣陵人，著有《陽春集》樂府一卷。今録後主煜及馮詞各一闋於下：

浪淘沙 李煜

簾外雨潺潺，春意闌珊。羅衾不耐五更寒。夢裏不知身是客，一晌貪歡。 獨自暮憑欄，無限江山。别時容易見時難。流水落花春去也，天上人間。

蝶戀花 馮延巳

六曲闌干偎碧樹。楊柳風輕，展盡黄金縷。誰把鈿箏移玉柱，穿簾燕子雙飛去。 滿眼游絲兼落絮。紅杏開時，一霎清明雨。濃睡覺來鶯亂語，驚殘好夢無尋處。

兩宋之間，詞學大盛。宋初柳永之《樂章集》，最爲擅名。永初名三變，字耆卿，崇安人。景祐元年進士，官至屯田員外郎，故世號柳屯田。爲舉子時，好狹邪游，善爲歌詞，教坊樂工，每得新腔，必求永爲之詞，始行於世。餘如晏氏父子，善於言情。殊字同叔，臨川人，仁宗朝爲相，卒謚元獻。其詩文本近西崑體，故詞亦婉麗，有《珠玉詞》一卷，張子野爲之序。張名先，吴興人。其詞與耆卿齊名。晏子幾道，有《小山詞》。歐陽永叔亦好詞，不讓晏氏父子。東坡則豪情勝概，不可一世，人或病其粗霸，而以銅喉鐵板譏之，不知坡詞亦自成一體。蓋詞自晚唐五代以來，至柳永而一變，至東坡而又一變。悲歌慷慨，旁若無人。坡後以詞著者，有晁無咎、周邦彦諸人，而賀鑄又稱霸一時，詞絶幽艷。南渡以降，辛棄疾、劉過師法東坡，好爲豪壯語；姜夔、吴文英則仍以警麗爲工。繼起者，更有史達祖、高觀國諸人，清奇秀逸，並爲一時之選。茲將諸家詞之傳誦者，各舉一闋於左：

卜算子慢 柳永

江楓漸老，汀蕙半凋，滿目敗紅衰翠。楚客登臨，正是暮秋天氣。引疏砧、斷續殘陽裏。對晚景、傷懷念遠，新愁舊恨相繼。脈脈人千里。念兩處風情，萬重煙水。雨歇天高，望斷翠峰十二。儘無言、誰會憑高意。縱寫得、離腸萬種，奈歸雲誰寄！（二）

踏莎行 晏殊

碧海無波，瑤臺有路。思量便合雙飛去。當時輕別意中人，山長水遠知何處？綺席凝塵，香閨掩霧。紅箋小字憑誰附？高樓目盡欲黃昏，梧桐葉上蕭蕭雨。

臨江仙 晏幾道

夢後樓臺高鎖，酒醒簾幕低垂。去年春恨却來時。落花人獨立，微雨燕雙飛。記取小蘋初見，兩重心字羅衣。琵琶弦上説相思。當時明月在，曾照彩雲歸。

青門引 張先

乍暖還輕冷，風雨晚來方定。庭軒寂寞近清明，殘花中酒，又是去年病。樓頭畫角風吹醒，入夜重門静。那堪更被明月，隔墻送過秋千影。

蝶戀花 歐陽修

庭院深深深幾許？楊柳堆煙，簾幕無重數。玉勒雕鞍游冶處，樓高不見章臺路。雨横風狂三月暮。門掩黄昏，無計留春住。淚眼問花花不語，亂紅飛過秋千去。

念奴嬌 蘇軾

大江東去，浪淘盡、千古風流人物。故壘西邊，人道是、三國周郎赤壁。亂石穿空，驚濤拍岸，捲起千堆雪。江山如畫，一時多少豪傑。遥想公瑾當年，小喬初嫁了，雄姿英發。羽扇綸巾，談笑間、檣櫓灰飛煙滅。故國神游，多情應笑我、早生華髮。人生如夢，一尊還酹江月。

青玉案

賀鑄

凌波不過横塘路，但目送、芳塵去。錦瑟年華誰與度？月臺花榭，瑣窗朱户，惟有春知處。

碧雲冉冉蘅皋暮，彩筆新題斷腸句。試問閑愁都幾許？一川煙草，滿城風絮，梅子黄時雨。

念奴嬌

辛棄疾

野棠花落，又匆匆過了、清明時節。剗地東風欺客夢，一夜雲屏寒怯。曲岸持觴，垂楊繫馬，此地曾輕别。樓空人去，舊游飛燕能説。聞道綺陌東頭，行人長見，簾底纖纖月。舊恨春江流未斷，新恨雲山千疊。料得明朝，尊前重見，鏡裏花難折。也應驚問，近來多少華髮？[二]

暗香 姜夔

舊時月色，算幾番照我，梅邊吹笛？喚起玉人，不管清寒與攀摘。何遜而今漸老，都忘却、春風詞筆。但怪得、竹外疏花，香冷入瑤席。江國，正寂寂。嘆寄與路遥，夜雪初積。翠樽易泣，紅萼無言耿相憶。長記曾携手處，千樹壓、西湖寒碧。又片片、吹盡也，幾時見得？

金元諸家詞法

金元以後，詞學日蕪。金初有吴激、蔡松年二人，繼之者爲元遺山。遺山之作，出入蘇、辛、姜、史，實集兩宋之大成。兹試將三家之詞，各舉一闋如下：

人月圓 吴激

南朝千古傷心事，還唱後庭花。舊時王謝，堂前燕子，飛入人家。恍然在遇，天姿勝雪，宫鬢堆鴉。江州司馬，青衫淚濕，同是天涯。

月華清 蔡松年

樓倚明河，山蟠喬木，故國秋光如水。常記别時，月冷半山環佩。到而今、桂影尋人，端好在、竹西歌吹。如醉。望白蘋風裏，關山無際。可惜瓊瑶千里，有少年玉人，吟嘯天外。脂粉清暉，冷射藕花冰蕊。念老去、鏡裏流年，空解道、人生適意。誰會？更微雲疏雨，滿空鶴唳。〔三〕

臨江仙 元好問

自笑此身無定在，北州又復南州。買田何日遂歸休。向來凡落落，此去亦悠悠。赤日黄塵三百里，嵩丘幾度登樓。故人多在玉溪頭。清泉明月曉，高柳亂蟬秋。

明代諸家詞法

明承元季遺習，不脱纖穠縟麗之弊。惟劉基、高啓二人堪稱作者。基字伯温，青田人，洪武朝爲御史中丞，封誠意伯。啓字季迪，長洲人，元末避張士誠之亂，遁居松江之青邱。洪武初，召修《元史》，授翰林院國史編修，坐罪被誅。其後有周用、夏言、楊用修、王好問、馬洪等，先後繼起，追摹兩宋，雖未能畢肖，然自是以往，研究者衆，詞學復興矣。至崇禎朝，華亭陳子龍起，神韻天然，逼近五季，遂蔚爲一代詞宗。

臨江仙　劉基

街鼓無聲春漏咽，不知殘夜如何。玉繩歷落耿銀河。鵲驚穿暗樹，露墜滴寒莎。　夢裏相逢還共說，五湖煙水漁蓑。鏡中綠髮漸無多。淚如霜後葉，摵摵下庭柯。

行香子　高啓

如此紅妝，不見春光，向菊前、蓮後纔芳。雁來時節，寒浥羅裳。正一番風，一番雨，一番霜。　蘭舟不採，寂寞橫塘。强相依、暮柳成行。湘江路遠，吴苑池荒。恨月濛濛，人杳杳，水茫茫。

山花子　陳子龍

楊柳淒迷曉霧中，杏花零落五更鐘。寂寂景陽宫外月，照殘紅。
蝶化彩衣金縷盡，蟲銜畫粉玉樓空。惟有無情雙燕子，舞東風。

清代諸家詞法

清初詞人，當以龔鼎孳、吴偉業爲最。二人皆明季遺臣，入清復仕，乃爲時論所譏。惟其詞在屯田、淮海之間，均不愧爲一代作家。繼之者有宋徵輿、錢芳標、顧貞觀、王士禎、性德、彭孫遹、沈豐垣、陳維崧、朱彝尊諸人。而漁洋尤傑出，格力風韻，仿佛晏叔原、賀方回。康乾之際，言詞者大率宗尚朱、陳。厲鶚、過春山學朱，鄭燮、蔣士銓學陳，然皆不免佻巧粗獷之病。惟太倉諸王，戛然獨异，導源晏、歐，能自成一家。陽湖張惠言與其弟琦，選唐宋諸家詞爲《詞選》一書，於是朱、陳二家之外，别成常州一派，惲敬、左輔、丁履恒、李兆洛輩附之，根基益固。其後效之者，有龔鞏祚、莊棫、譚廷獻諸人。其不入常州派者，有戈載、項鴻祚、蔣敦復、姚燮諸人。而順卿持律尤謹，嘗著《詞林正韻》一書，爲世所重云。

點絳唇　龔鼎孳

簾外河橋，綠圍裙帶無人主。繡韉行處，踏碎梨花雨。　目送春山，南浦煙光暮。牽春去，柔腸無數，蘇小門前路。

如夢令　吴偉業

鎮日鶯愁燕懶，遍地落紅誰管。睡起爇沈香，小飲碧螺春盌。簾捲，簾捲，一任柳絲風軟。

蝶戀花　王士禎

涼夜沈沈花漏凍。攲枕無眠，漸聽荒鷄動。此際閑愁郎不共，月移窗罅春寒重。　憶共錦衾無半縫。郎似桐花，妾似桐花鳳。往事迢迢徒入夢，銀箏斷續連珠弄。〔四〕

踏莎行　王時翔

嫩嫩煙絲，輕輕風絮。絳旗斜颭秋千處。花枝照得畫樓空，薄情燕子和人去。冷落闌干，凄清院宇。夕陽西下明殘雨。一雙紅豆寄相思，遠帆點點春江路。

踏莎行　王漢舒

短燭三條，凍梅一樹。月痕窗外徐徐去。落燈天似晚秋寒，病春人卧銷魂處。撥火香殘，彈絲調苦。客愁央及啼鴉訴。夢中尋夢幾時醒，小橋流水東風路。

水調歌頭　張惠言

長鑱白木柄，斸破一庭寒。三枝兩枝生緑，位置小窗前。要使花顔四面，和著草心千朵，向我十分妍。何必蘭與菊，生意總欣然。曉來風，夜來雨，晚來煙。是他釀就春色，又斷送流年。便欲誅茆江上，只怕空林衰草，憔悴不堪憐。歌罷且更酌，與子繞花間。

菩薩蠻　張琦

橫塘日日風吹雨，隔簾却望江南路。蝴蝶慣輕盈，風齊魂屢驚。闌干人似玉，黛影分窗綠。斜日照屏山，相思羅袖寒。

步月　戈載

梨月籠晴，柳煙搖暝，繡堤夜景凄寂。嫩寒翦翦，逗一絲風力。記携酒、流水畫橋，聽鶯語、翠陰無迹。如今換、徹曉涙鵑，盡情啼急。　蘼蕪芳徑窄，香影夢模糊，雲暗愁碧。玉簫甚處，正燈飄華席。問知否？門外亂紅，已零落、鈿車消息。歸來也，蓮漏隔花靜滴。

注释：

〔一〕詞牌《卜算子慢》，原誤作『卜箕子』。『奈歸雲誰寄』一句，『雲』原作『鴻』，據《全宋詞》本改。

〔二〕此詞本書兩出（另見《格調》所引《填念奴嬌調法》），字句各異，兹據《全宋詞》本為之訂正：原『此地曾經別』，『經』改『輕』；『聞道倚陌東頭，行人曾見』，『倚』改『綺』、『曾』改『長』；『舊恨春江流不盡』，『不盡』改『未斷』。

〔三〕『常記別時月冷』一句，原作『常記得、別時月冷』，『得』字衍文，與詞律不同；『吟嘯天外』，『嘯』原作『笑』，據《蕭閑老人明秀集》改。

〔四〕『攲枕無眠』一句，原誤作『倚枕無臥』，平仄與詞律不合，據《近三百年名家詞選》本改。

格調

填十六字令法

《十六字令》，又名《蒼梧謠》。十六字。四句三韻。調如下：

天韻，休可仄使圓蟾照客眠叶。人何在？桂可平影自嬋娟叶。（蔡伸）

填南歌子調法

《南歌子》，『歌』一作『柯』，又名《春宵曲》。二十三字。五句三韻。調如下：

轉盼如波眼，娉婷似柳腰韻。花可仄裏暗相招叶。憶可平君腸欲斷，恨春宵叶。（温庭筠）

填漁歌子調法

《漁歌子》，一名《漁父》。二十七字。五句四韻。調如下：

西塞山前白鷺飛韻，桃花流水鱖魚肥叶。青箬笠，緑蓑衣叶，斜風細雨不須歸叶。（張志和）

填憶江南調法

《憶江南》，又名《夢江南》《望江南》《謝秋娘》《夢江口》《望江梅》《春去也》。二十七字。五句三韻。調如下：

蘭燼可平落，屏可仄上暗紅蕉韻。閑可仄夢江可仄南梅熟日，夜可平船吹可仄笛雨瀟瀟叶。人可仄語驛邊橋叶。（皇甫松）

填搗練子調法

《搗練子》，又名《深院月》。二十七字。五句三韻。調如下：

深院静，小庭空韻。斷可平續寒砧斷可平續風叶。無可仄奈夜可平長人不寐，數可平聲和月到簾櫳叶。（李煜）

填憶王孫調法

《憶王孫》，又名《豆叶黄》《欄杆萬里心》。三十一字。五句五韻。調如下：

萋可仄萋芳可仄草憶王孫韻，柳可平外樓高空可仄斷魂叶。杜可平宇聲聲不作平忍聞叶。欲黄昏叶，雨可平打梨花深可仄閉門叶。（李重元）

填調笑令調法

《調笑令》，又名《宮中調笑》《轉應曲》《三臺令》。三十二字。六句八韻。調如下：

明月韻，明月疊句，照得可平離可仄人愁可仄絶叶。更可仄深影可平入空可仄床換平，不可平道幃可仄屏夜長叶平。長夜換仄，長夜疊句，夢可平到庭可仄花陰可仄下叶。（馮延巳）

填如夢令調法

《如夢令》，又名《憶仙姿》《宴桃源》。三十三字。六句五韻。調如下：

遥可仄夜月可平明如水韻，風可仄緊驛亭深閉叶。夢可平破鼠窺燈，霜可仄送曉寒侵被叶。無寐叶，無寐疊句，門可仄外馬嘶人起叶。（秦觀）

填歸自謠調法

《歸自謠》，『自』一作『國』，『謠』一作『遥』。三十四字。前後二段，各三句，共六韻。調如下：

何處笛韻，深可仄夜夢可平回情脈脈叶。竹可平風簾可仄雨寒窗隔叶。離人幾可平歲無消可仄息叶。今頭白叶，不可平眠特可平地重相憶叶。（歐陽修）

填相見歡調法

《相見歡》，又名《烏夜啼》《上西樓》《秋夜月》。三十六字。前段四句，後段五句，共五韻，又換二韻。調如下：

無可仄言獨可平上西樓韻，月如鈎叶。寂可平寞梧可仄桐深院、鎖清秋叶。剪可平不可平斷換仄，理可平還可仄亂叶仄，是離愁叶平。別可平是一可平般滋

味、在心頭叶平。（李煜）

填長相思調法

《長相思》，又名《雙紅豆》《憶多嬌》《青山相送迎》。三十六字。前後段各四句，共八韻。

紅可仄滿可平枝韻，綠可平滿可平枝叶。宿可平雨厭厭睡可平起遲叶，閑可仄庭花可仄影移叶。憶可平歸可仄期叶，數可平歸可仄期叶。夢可平見雖多相可仄見稀叶，相可仄逢知可仄幾時叶。（馮延巳）

填醉太平調法

《醉太平》，又名《醉思凡》《四字令》。三十八字。前後段各四句，共八韻。調如下：

情可仄高意真韻，眉長鬢青叶。小可平樓明可仄月調箏叶，寫春風數聲叶。思可仄君憶君叶，魂牽夢縈叶。翠可平綃香可仄暖雲屏叶，更那堪酒醒叶。（劉過）

填昭君怨調法

《昭君怨》，又名《一痕沙》《宴西園》。四十字。前段四句，二仄二平韻；後段四句，換二仄二平韻。調如下：

春可仄到南可仄樓雪可平盡韻，驚可仄動燈可仄期花可仄信叶。小可平雨一番寒換平，倚闌干叶平。莫可平把闌可仄干頻可仄倚三換仄，一可平望幾可平重煙可仄水叶三仄。何可仄處是京華四換平，暮雲遮叶四平。（万俟雅言）

填酒泉子調法

《酒泉子》，四十字。前段五句，後段五句，二平三仄韻。調如下：

閑可仄卧繡可平幃韻，慵可仄想萬可平般情寵換仄。錦檀偏，翹股重叶仄，翠雲敧叶平。

暮可平天屏可仄上春山碧三換仄，映香煙霧隔叶三仄。蕙蘭心，魂夢役叶三仄，斂蛾眉叶平。

（毛熙震）

填生查子調法

生查子，四十字。兩段四韻。調如下：

煙可仄雨晚晴天，零可仄落花無語韻。難可仄話此時情，梁可仄燕雙來去叶。

琴可仄韻對熏風，有可平恨和情撫叶。腸可仄斷斷弦頻，淚可平滴黃金縷叶。

（魏承班）

填點絳唇調法

《點絳唇》，又名《點櫻桃》《南浦月》。四十一字。前段四句，後段四句，共七韻。調如下：

一可平夜東風，枕邊吹可仄散愁多少韻？數聲啼鳥叶，夢可平轉紗窗曉叶。來可仄是春初，去可平是春將老叶。長亭道叶，一般芳草叶，只可平有歸時好叶。（曾允元）

填浣溪沙調法

《浣溪沙》，『沙』或作『紗』，又名《滿院春》《廣寒秋》《霜菊黃》《踏花天》。四十二字。兩段五韻。調如下：

枕可平障熏爐冷繡幃韻，二可平年終可仄日苦相思叶。杏可平花明可仄月爾應

知叶。　天可仄上人可仄間何處去？舊可平歡新可仄夢覺來時叶。　黃可仄昏微可仄雨畫簾垂叶。　（張曙）

填菩薩蠻調法

《菩薩蠻》，又名《重疊金》《子夜歌》《巫山一片雲》。四十四字。前段四句，二仄二平；後段四句，亦二仄二平。共八韻。調如下：

小可平山重可仄疊金明滅韻，鬢可平雲欲可平度香腮雪叶。　懶可平起畫蛾眉換平，弄可平妝梳可仄洗遲叶平。　照可平花前後鏡三換仄，花可仄面交相映叶仄。　新可仄帖繡羅襦四換平，雙可仄雙金可仄鷓鴣叶平。　（温庭筠）

填卜算子調法

卜算子，又名《缺月挂梧桐》《孤鴻》《百尺樓》。四十四字。兩段四韻。調如下：

缺可平月挂疏桐，漏可平斷人初定韻。時可仄見幽人獨往來，縹可平緲孤鴻影叶。驚可仄起却回頭，有可平恨無人省叶。揀可平盡寒枝不肯棲，寂可平寞沙洲冷叶。（蘇軾）

填減字木蘭花法

《減字木蘭花》，四十四字。前段四句，二仄二平；後段四句，又換韻，亦二仄二平。調如下：

雨可平簾高可仄捲韻，芳可仄樹陰陰連別館叶。涼可仄氣侵樓換平，蕉可仄葉荷枝各自秋叶平。前可仄溪夜可平舞三換仄，化可平作驚可仄鴻留不住叶仄。愁可

仄損腰肢四換平，一可平桁香銷舊可平舞衣叶平。（吕渭老）

填醜奴兒調法

《醜奴兒》，又名《采桑子》《羅敷媚》《羅敷艷歌》。四十四字。前後段各四句，共六韻。調如下：

蛸可仄蠐領可平上訶梨子，繡可平帶雙垂韻。椒可仄户閑時叶，競可平學摴蒱賭可平荔枝叶。

叢可仄頭鞵可仄子紅編細，裙可仄窣金絲叶。無可仄事顰眉，春可仄思翻教阿可平母疑叶。

（和凝）

填訴衷情調法

《訴衷情》，又名《桃花水》。四十四字。兩段，十句六韻。調如下：

燒可仄殘絳可平蠟淚成痕韻，街可仄鼓報黃昏叶。碧可平雲可仄又可平阻可平來信，廊可仄上月侵門叶。愁永夜，拂香裀叶，待誰温叶？夢可平蘭憔悴，擲可平果凄涼，兩可平處銷魂叶。（王益）

填謁金門調法

《謁金門》，又名《花自落》《垂楊碧》《空相憶》。四十五字。前後段各四句，共八韻。調如下：

空相可仄憶韻，無可仄計得可平傳消息叶。天可仄上嫦可仄娥人不識叶，寄可平書何處覓叶？新可仄睡覺可平來無可仄力叶，不可平忍看可平伊書可仄迹叶。滿可平院落可平花春寂寂叶，斷可平腸芳草碧叶。（韋莊）

填好事近調法

《好事近》，一名《釣船笛》。四十五字。前後段各四句，共七韻。調如下：

葉可平暗乳鶯啼，風可仄定老可平紅猶落韻。蝴可仄蝶不可平隨春去，入薰風池閣叶。

休可仄歌金可仄縷勸金卮，酒病可平煞如昨叶。簾可仄捲日可平長人靜，任楊可仄花飄泊叶。（蔣子雲）

填憶秦娥調法

《憶秦娥》，又名《秦樓月》《碧雲深》《雙荷叶》。四十六字。前後段各五句，共八韻。調如下：

簫聲可仄咽韻，秦可仄娥夢可平斷秦樓月叶。秦樓月疊三字。年可仄年柳可平色，灞陵傷別叶。

樂可平游原可仄上清秋節叶，咸可仄陽古可平道音塵絶叶。音塵絶疊三字。西可仄風殘可仄照，漢家陵闕叶。（李白）

填清平樂調法

《清平樂》，一名《憶蘿月》。四十六字。前後段各四句，四仄三平韻。調如下：

禁可平闈清可仄夜韻，月可平探金窗罅叶。玉可平帳鴛可仄鴦噴可平蘭可仄麝叶，時可仄落銀可仄燈香可仄灺叶。

女可平伴可平莫可平話孤眠換平，六可平宮羅可仄綺三千叶平。一可平笑皆可仄生百可平媚，宸可仄游教可仄在誰邊叶平。（李白）

填更漏子調法

《更漏子》，四十六字。前段六句，二仄二平韻，後段同。調如下：

玉闌干，金甃井韻，月可平照碧可平梧桐可仄影叶。獨可平自個，立多時換平，露可平華濃可仄濕衣叶平。

一回向三換仄，凝情望叶仄，待可平得不可平成模可仄樣叶仄。雖叵可平耐，又尋思叶平，怎可平生嗔可仄得伊叶平。（温庭筠）〔一〕

填畫堂春調法

《畫堂春》，四十七字。前後段各四句。共七韻。調如下：

落可平紅鋪可仄徑水平池韻，弄可平晴小可平雨霏霏叶。杏可平花憔可仄悴杜鵑啼叶，無可仄奈春歸叶。

柳可平外畫可平樓獨上，憑可平闌手可平撚花枝叶。放可平花無可仄語對斜暉叶，此可平恨誰知叶？（秦觀）〔二〕

填阮郎歸調法

《阮郎歸》，又名《醉桃源》《碧桃春》。四十七字。前段四句，後段五句，共八韻。調如下：

翠可平深濃可仄合曉鶯堤韻，春可仄如日可平墜西叶。畫可仄圖新可仄展遠山齊叶，花可仄深十可平二梯叶。風絮晚，醉魂迷叶，隔可平城聞可仄馬嘶叶。落可平紅微可仄沁繡鵷泥叶，秋可仄千教可仄放低叶。

填攤破浣溪沙法

《攤破浣溪沙》，又名《山花子》。四十八字。前後段各四句，共五韻。調如下：

菡可平萏香銷翠葉殘韻，西可仄風愁起綠波間叶。還可仄與韶可仄光共可平憔

可仄悴，不堪看叶。細可平雨夢可平回鷄塞遠，小可平樓吹可仄徹玉笙寒叶。多可仄少淚可平珠何限恨，倚闌干叶。（李璟）

填桃源憶故人法

《桃源憶故人》，又名《虞美人影》。四十八字。前後段各四句，共八韻。調如下：

逢可仄人借可平問春歸處韻，遥可仄指蕪可仄城煙樹叶。滴可平盡柳可平梢殘雨叶，月可平闖西南户叶。游可仄絲不可平解留伊住叶，漫可平惹閑可仄愁無數叶。燕可平子爲可平誰來去叶，似可平説江南路叶。（王之道）

填眼兒媚調法

《眼兒媚》，又名《秋波媚》《小闌干》。四十八字。前後各五句，共五韻。調如下：

楊可仄柳可平絲可仄絲可仄弄輕柔韻，煙可仄縷織成愁叶。海可平棠未雨，梨可仄花先可仄雪，一可平半春休叶。而可仄今往可平事難重省，歸可仄夢繞秦樓叶。相可仄思只可平在，丁可仄香枝可仄上，豆可平蔻梢頭叶。（王雱）

填柳梢青調法

《柳梢青》，一名《早春怨》。四十九字。前後段各五句，共六韻。調如下：

岸可平草平沙韻，吳可仄王故可平苑，柳可平梟煙斜叶。雨可平後寒輕，風可仄前香可仄細，春可仄在梨花叶。行可仄人一可平棹天涯叶，酒醒處、殘陽亂鴉

叶。門可仄外秋千，墻可仄頭紅可仄粉，深可仄院誰家叶？（仲殊）〔三〕

填河瀆神調法

《河瀆神》，四十九字。前段四句，後段四句，四平四仄韻。調如下：

江上草芊芊韻，春可仄晚可平湘可仄妃可仄廟可平前叶。一方卵可平色楚南天叶，數可平行可仄斜雁可平聯可仄翩叶。獨可平倚朱可仄闌情不極換仄，魂可仄斷可平終可仄朝可仄相可仄憶叶仄。兩可平槳不可平知消息叶，遠可平汀時起鸂鶒叶。（孫光憲）

填應天長調法

《應天長》，四十九字。前段五句，後段五句，共九韻。調如下：

一可平彎初可仄月臨鸞鏡韻，雲可仄鬟鳳可平釵慵不整叶。珠可仄簾靜叶，重可仄樓迴叶，惆可仄悵落可平花風不定叶。綠煙低柳徑叶，何可仄處轆可平轤金井叶。昨可平夜更可仄闌酒可平醒叶，春可仄愁勝可平却病叶。（歐陽修）

填西江月調法

《西江月》，又名《步虛詞》。五十字。前後段各四句，共六韻。調如下：

照可平野瀰可仄瀰淺可仄浪，橫可仄空曖可平曖微霄韻。障泥未可平解玉驄驕叶，我可平醉欲可平眠芳可仄草換仄。可可平惜一可平溪明可仄月，莫可平教踏可平碎瓊瑶叶平。解可平鞍欹可仄枕綠楊橋叶平，杜可平宇數可平聲春可仄曉叶仄。（蘇軾）

填惜分飛調法

《惜分飛》，五十字。前段四句四韻，後段同。調如下：

釧可平閣桃腮香玉溜韻，困可平倚銀床倦繡叶。雙可仄燕歸來後叶，相可仄思葉可平底尋紅豆叶。碧可平唾春衫還在否叶？重可仄理弓彎舞袖叶。錦可平藉芙蓉縐叶，翠可平腰羞可仄對垂楊瘦叶。（陳允平）

填醉花陰調法

《醉花陰》，五十二字。前段四句三韻，後段同。調如下：

薄可平霧濃可仄雰愁永晝韻，瑞可平腦噴金獸叶。佳可仄節又重陽，寶可平枕紗厨，半可平夜凉初透叶。東可仄籬把可平酒黄昏後叶，有可平暗香盈袖叶。莫可平道不消魂，簾可仄捲西風，人可仄比黄花瘦叶。（李清照）

填浪淘沙調法

《浪淘沙》，又名《賣花聲》。五十四字。前段五句四韻，後段同。調如下：

蹙可平損遠山眉韻，幽可仄怨誰知叶？羅可仄衾滴可平盡淚可平胭脂叶。夜可平過春可仄寒人未起，門可仄外鴉啼叶。惆可仄悵阻佳期叶，人可仄在天涯叶。東可仄風頻可仄動小桃枝叶。正可平是銷魂時候也，撩可仄亂花飛叶。（康與之）

填鷓鴣天調法

《鷓鴣天》，又名《思佳客》。五十五字。兩段六韻。調如下：

枕可平上流鶯和可仄淚聞韻，新可仄啼痕可仄間舊啼痕叶。一可平春魚可仄鳥無消息，千可仄里關山勞可仄夢魂叶。無一語，對芳樽叶，安可仄排腸可仄斷

到黃昏叶。甫可平能炙可平得燈兒了，雨可平打梨花深可仄閉門叶。（秦觀）

填臨江仙調法

《臨江仙》，五十六字。前後段各五句，共六韻。調如下：

夜可平久笙可仄簫吹徹，更可仄深星可仄斗還稀韻。醉可平拈裙可仄帶寫新詩叶。鎖可平窗風露，燭作平炧月明時叶。水可平調悠可仄揚聲美，幽可仄情彼可平此心知叶。古可平香煙可仄斷彩雲歸叶。滿可平傾蕉葉，齊唱轉花枝叶。（趙長卿）

填鵲橋仙調法

《鵲橋仙》，又名《度寒秋》。五十六字。前後段各五句二韻。調如下：

纖可仄雲弄可平巧，飛可仄星傳可仄恨，銀可仄漢迢可仄迢暗可平度韻。金可仄風玉可平露一相逢，便勝可平却、人間無可仄數叶。柔可仄情似可平水，佳可仄期如可仄夢，忍可平顧鵲可平橋歸可仄路叶。兩可平情若可平是久長時，又豈可平在、朝朝暮可平暮叶。（秦觀）

填虞美人調法

《虞美人》，五十六字。前後各五句，各二仄二平韻。調如下：

絲可仄絲楊可仄柳絲絲雨韻，春可仄在冥濛處叶。樓可仄兒忒可平小不藏愁換平，幾可平度和可仄雲，飛可仄去覓歸舟叶平。天可仄憐客可平子鄉關遠三換仄，借可平與花消遣叶仄。海可平棠紅可仄近綠闌干四換平，纔可仄捲珠可仄簾，却可平又晚風寒叶平。（蔣捷）

填一斛珠調法

《一斛珠》，又名《醉落魄》。五十七字。前後段各五句，共八韻。調如下：

曉可平妝初可仄過韻，沈可仄檀輕可仄注些兒個叶。向可平人微可仄露丁香顆叶。一可平曲清歌，暫可平引櫻可仄桃破叶。　羅可仄袖裛可平殘殷色可叶，盃可仄深旋可平被香醪涴叶。繡可平床斜可仄憑嬌無那叶。爛可平嚼紅茸，笑可平向檀可仄郎唾叶。（李煜）

填踏莎行調法

《踏莎行》，又名《柳長春》。五十八字。前段五句三韻，後段同。調如下：

潤可平玉籠綃，檀可仄櫻倚可平扇韻。繡可平圈猶可仄帶脂香淺叶。榴可仄心空可仄疊舞裙紅，艾可平枝應可仄壓愁鬟亂叶。午可平夢千山，窗可仄陰一可平箭叶。香可仄瘢新可仄褪紅絲腕叶。隔可平江人可仄在雨聲中，晚可平風菰可仄葉生秋怨叶。（吴文英）

填小重山調法

《小重山》，五十八字。前後段各六句，共八韻。調如下：

晴可仄浦溶溶明斷霞韻，樓可仄臺搖影處、是誰家叶？銀可仄紅裙可仄襉皺宮紗叶，風前可仄坐、閑可仄鬬鬱金芽叶。　人可仄散樹啼鴉叶。粉可平糰黏不住、舊繁華叶。雙可仄龍尾可平上月痕斜叶，而今可仄照、冷可平淡白菱花叶。（蔣捷）

填一剪梅調法

《一剪梅》，六十字。前段六句三韻，後段同。調如下：

紅可仄藕香殘玉可平簟秋韻。輕可仄解羅裳，獨可平上蘭舟叶。雲可仄中誰寄錦書來。雁可平字回時，月可平滿西樓叶。花可仄自飄零水可平自流叶。一可平種相思，兩可平處閑愁叶。此可平情無計可消除。纔可仄下眉頭，却可平上心頭叶。（李清照）

填蝶戀花調法

《蝶戀花》，又名《鵲踏枝》《鳳棲梧》《黃金縷》《一籮金》。六十字。前段五句四韻，後段同。調如下：

六可平曲闌可仄干偎碧樹韻。楊可仄柳風輕，展可平盡黃金縷叶。誰可仄把鈿可仄箏移玉柱叶，穿可仄簾燕可平子雙飛去叶。 滿可平眼游可仄絲兼落絮叶。紅可仄杏開時，一可平霎清明雨叶。 濃可仄睡覺可平來鶯亂語叶，驚可仄殘好可平夢無尋處叶。 （馮延巳）〔四〕

填唐多令調法

《唐多令》，又名《南樓令》。六十字。前段五句四韻，後段同。調如下：

何可仄處是秋風韻，月可平明霜可仄露中叶。 算凄涼、未可平到梧桐叶。 曾可仄向垂可仄虹橋上看，有可平幾可平樹、水邊楓叶。 客可平路怕相逢叶，酒可平濃愁可仄更濃叶。 數歸期、猶可仄是初冬叶。 欲可平寄相可仄思無好句，聊可仄折可平贈、雁來紅叶。 （陳允平）

填破陣子調法

《破陣子》，又名《十拍子》。六十二字。前段五句三韻，後段同。調如下：

燕子來時新可仄社，梨可仄花落可平後清明韻。池可仄上碧可平苔三四點，葉可平底黃鸝一兩聲叶。日可平長飛絮輕叶。巧笑東鄰女可平伴，採可平桑徑可平裏逢迎叶。疑可仄怪昨可平宵春夢好，元可仄是今朝鬭草贏叶。笑可平從雙臉生叶。（晏殊）

填蘇幕遮調法

《蘇幕遮》，又名《鬢雲鬆》。六十二字。前段七句四韻，後段同，惟三、四句并作九字。調如下：

碧雲天，黃葉地韻。秋可仄色連波，波可仄上含煙翠叶。山可仄映斜陽天接水叶。芳可仄草無情，更在斜陽外叶。黯鄉魂，追旅思叶。夜可平夜除非依調當絶句、好可平夢留人睡叶。明可仄月樓高休獨倚叶。酒可平入愁腸，化作相思淚叶。（范仲淹）

填漁家傲調法

《漁家傲》，又名《綠蓑令》。六十二字。前後段各五句五韻。調如下：

灰可仄暖香可仄融銷永晝韻，蒲可仄萄架可平上春藤秀叶。曲可平角闌可仄干群雀鬬叶。清明可仄後叶，風可仄梳萬可平縷亭前柳叶。日可平照釵可仄梁光欲溜叶，循可仄階竹可平粉霑衣袖叶。拂可平拂面可平紅新著酒叶。沈吟可平久叶，昨可平宵正可平是來時候叶。（周邦彥）

填定風波調法

《定風波》，六十二字。前段五句，後段六句，共十一韻。調如下：

暖可平日閑窗映碧紗韻，小可平池春可仄水浸晴霞叶。數可平樹海可平棠紅欲盡換仄，争忍叶仄，玉可平闌深可仄掩過年華叶平。獨可平憑繡可平床方寸亂三換仄，腸斷叶三仄，淚可平珠穿可仄破臉邊花叶平。鄰可仄舍女可平郎相借問四換仄，音信叶仄，教可仄人羞可仄道未還家叶平。（歐陽炯）

填殢人嬌調法

《殢人嬌》，六十四字。前後段各六句，共八韻。調如下：

雲可仄做屏風，花可仄爲行可仄幛韻。屏可仄幛可平裏、見春模樣叶。小可平晴未可平了，輕陰一可平餉叶。酒可平到處、恰作平如把春拈可仄上叶。官可仄柳黃輕，河可仄堤綠可平漲叶。花可仄多可仄處可平、少停蘭槳叶。雪可平邊花可仄際，平蕪疊可平嶂叶。這可平一段淒可仄涼、爲誰悵可平望叶？（毛滂）

填青玉案調法

《青玉案》，六十六字。前後段各六句五韻。調如下：

蕙可平花老可平盡離騷句韻，綠染可平遍、江頭樹叶。日可平午酒可平消聽驟雨叶。青可仄榆錢小，碧苔錢古叶，難可仄買東君住叶。官荷不礙遺鞭路叶，被芳可仄草、將愁去叶。多可仄定紅可仄樓簾影暮叶。蘭可仄燈初上，夜香初駐叶，猶可仄自聽鸚鵡叶。（史達祖）

填解珮令調法

《解珮令》，六十六字。前後段各六句，共十韻。調如下：

人可仄行花可仄塢韻，衣沾香可仄霧叶。有新詞可仄、逢春分付叶。屢可平欲傳情，奈可平燕子可平、不可平曾飛去叶。倚珠簾、咏郎秀可平句叶。相可仄思一可平度叶，濃愁一可平度叶。最難忘可仄、遮燈私語叶。澹可平月梨花，借可平夢來可仄、花可仄邊廊廡叶。指春衫、淚曾濺可平處叶。（史達祖）

填天仙子調法

《天仙子》，六十八字。前後段各六句，共十韻。調如下：

水可平調數可平聲持酒聽韻，午可平醉醒可平來愁未醒叶。送可平春春可仄去幾時回，臨晚可平鏡叶，傷流可仄景叶，往可平事後可平期空記省叶。沙可仄上並可平禽池上暝叶，雲可仄破月可平來花弄影叶。重可仄重簾可平幕密遮燈，風不可

平定叶，人可仄初可平靜叶，明可仄日落可平紅應滿徑叶。（張先）

填江城子調法

《江城子》，七十字。前後段各八句，五韻。調如下：

杏可平花村可仄館酒旗風韻，水溶溶叶，颺殘紅叶。野可平渡可平舟可仄橫可仄，楊柳綠陰濃叶。望可平斷江可仄南山色遠，人不見，草連空叶。夕陽樓外曉煙籠叶，粉香融叶，淡眉峰叶。記得年時，相見畫屏中叶。只有關山今夜月，千里外，素光同叶。（謝逸）

填千秋歲調法

《千秋歲》，七十一字。前後段各八句，共十韻。調如下：

楝可平花飄可仄砌韻，蔌可平蔌清香細叶。梅可仄雨過，蘋風起叶。情可仄隨湘水遠，夢可平繞吴峰翠叶。琴書可仄倦，鷓可平鴣喚可平起南窗睡叶。密可平意無人寄叶，幽可仄恨憑誰洗叶。修可仄竹畔，疏簾裏叶。歌可仄餘塵拂扇，舞可平罷風掀袂叶。人散可平後，一可平鈎淡可平月天如水叶。（謝逸）

填離亭燕調法

《離亭燕》，七十二字。前段六句四韻，後段同。調如下：

一可平帶江可仄山如畫韻，風物向秋瀟灑叶。水可平浸碧可平天何處斷，霽色冷可平光相射叶。蓼嶼荻花洲，掩可平映竹可平籬茅舍叶。雲可仄際客可平帆高挂叶，煙可仄外酒簾低亞叶。多可仄少六可平朝興廢事，盡入漁可仄樵閑話叶。悵望倚層樓，寒可仄日無可仄言西下叶。（張升）

填風入松調法

《風入松》，七十三字。前後段各六句四韻。調如下：

一可平宵風可仄雨送春歸韻，綠可平暗紅稀叶。畫可平樓整可平日無人到，與可平誰同可仄撚花枝叶？門可仄外薔可仄薇開可仄也，枝可仄頭梅可仄子酸時叶。

玉可平人應可仄是數歸期叶，翠可平斂愁眉叶。塞可平鴻不可平到雙魚遠，嘆可平樓前流可仄水難西叶。新可仄恨欲可平是紅可仄葉，東可仄風滿可平院花飛叶。（康與之）

填祝英臺近法

《祝英臺近》，或無『近』字。一名《月底修簫譜》。七十七字。前後段各八句，共八韻。調如下：

寶釵分，桃葉渡，煙可仄柳暗南浦韻。怕可平上層樓，十可平日九風雨叶。斷可平腸可仄點可平點飛紅，都可仄無人可仄管。倩誰喚、流可仄鶯聲住叶。鬢邊覷叶，試可平把可平花可仄卜歸期，纔可仄簪又重數叶。羅可仄帳燈昏，哽可平咽可平夢中語叶。是可平他可仄春可仄帶愁來。春可仄歸何可仄處，却不解、帶可平將愁去叶。（辛棄疾）

填御街行調法

《御街行》，七十八字。前後段各七句，共八韻。調如下：

紛紛墜葉飄香砌韻，夜寂可平靜、寒聲碎叶。真珠簾捲玉樓空，天澹銀河垂地叶。年年今可仄夜，月可平華如練，長是人千里叶。愁腸已斷無由醉叶，酒未可平到、先成淚叶。殘燈明滅枕頭攲，諳盡孤眠滋味叶。都來此可平事，眉

可仄間心上，無計相回避叶。（范仲淹）

填金人捧露盤法

《金人捧露盤》，『金』一作『銅』，一名《上西平》，又名《西平曲》。七十九字。前段八句，後段九句，共八韻。調如下：

愛春歸，憂春可仄去，爲春忙韻。旋點可平檢可平、雨可平障雲妨叶。遮可仄紅護可平緑，翠可平幃羅可仄幕任高張叶。海可平棠明可仄月，杏花天可仄、更可平惜濃芳叶。

喚鶯吟，招蝶作平拍，迎柳舞，倩桃妝叶。盡呼可仄起可平、萬可平籟笙簧叶。一可平觴一可平咏，儘可平教陶可平瀉繡心腸叶。笑可平他人可仄世，謾嬉游可仄、擁可平翠偎香叶。（程垓）

填新荷葉調法

《新荷叶》，一名《折新荷》。八十二字。前後段各八句，共九韻。調如下：

欲可平暑還凉，如可仄春有可平意重歸韻。春可仄若歸來，任他鶯可仄老花飛叶。輕可仄雷澹可平雨，似可平晚可平風可仄、欺可仄得單衣叶。檐可仄聲驚可仄醉，起可平來新可仄緑成圍叶。　回可仄首分攜叶，光可仄風冉可平冉菲菲叶。曾可仄幾何時，故山疑可仄夢還非叶。鳴可仄琴再可平撫，將可仄清可仄恨可平、都可仄入金徽叶。永可平懷橋可仄下，繫可平船溪可仄柳依依叶。（趙彦瑞）

填驀山溪調法

《驀山溪》，一名《陽春》，又名《上陽春》。八十二字。前後段各九句，三韻。調如下：

一可平番小可平雨，陡可平覺添秋色韻。桐可仄葉下銀床，又可平送可平箇可平、淒涼消可仄息叶。故可平鄉何可仄處？搔可仄首對西風。衣可仄綫可平斷可平，帶可平圍可仄寬可仄，衰可仄鬢添新白叶。錢可仄塘江可仄上，冠可仄蓋如雲積叶。騎可仄馬傍朱門，誰可仄肯可平念可平、塵埃墨可平客叶。佳可仄人信可平杳，日可平暮碧雲深。樓可仄獨可平倚可平，鏡可平頻可仄看可仄，此可平意無人識叶。（張元幹）

填洞仙歌調法

《洞仙歌》，八十三字。前段六句，後段七句，共六韻。調如下：

冰可仄肌玉可平骨，自清涼無汗韻。水可平殿風來暗香滿叶。繡簾開、一點明可仄月窺人，人未寢，欹可仄枕釵橫鬢可平亂叶。起可平來攜素手，庭可仄户無聲，時可仄見疏星渡河漢叶。試問夜如何？夜可平已三更，金波可仄淡，玉可平繩低可仄轉叶。但屈指西風幾時來，又不道、流年暗中偷换叶。（蘇軾）

填江城梅花引法

《江城梅花引》，八十七字。前段八句，後段十句，共十一韻。調如下：

娟可仄娟霜可仄月冷侵門韻。怕黄昏叶，又黄昏叶。手撚一枝、獨作平自對芳樽叶。酒可平又不可平禁花又惱，漏聲遠，一更更，總斷魂叶。　斷魂，斷魂二疊字，不可平堪聞叶。被可平半温叶，香可仄半熏叶。睡也睡也，睡不穩、誰與温存叶。惟可仄有床前、銀燭照啼痕叶。一可平夜爲可仄花憔悴損，人瘦也，比梅花，瘦幾分叶。（康與之）

填意難忘調法

《意難忘》，九十二字。前段十句，後段十句，共十二韻。調如下：

衣染鶯黃韻。愛停可仄歌駐可平拍，勸可平酒持觴叶。低鬟蟬影動，私可仄語口脂香叶。蓮露滴，竹風涼叶。拚可仄劇飲淋浪叶。夜漸深，籠可仄燈就可平月，子可平細端相叶。知音見説無雙叶。解移可仄宫換可平羽，未可平怕周郎叶。長顰知有恨，貪可仄耍不成妝叶。些個事，惱人腸叶。待可平説與何妨叶。又恐伊、尋可仄消問可平息，瘦可平減容光叶。（周邦彦）

填滿江紅調法

《滿江紅》，九十三字。前段八句四韻，後段十句五韻。調如下：

門可仄掩垂楊，寶可平香可仄度、翠可平簾重可仄叠韻。春可仄寒可仄在、羅可仄衣初試，素肌猶怯叶。薄可平霧籠可仄花天欲暮，小可平風送可平、角聲初咽叶。但獨可平褰、幽幌悄無言，傷初別叶。衣上可平雨，眉間月叶，滴可平不可平盡，蘂空切叶。羨可平棲可仄梁歸燕，入簾雙蝶叶。愁可仄緒多可仄於花絮亂，柔可仄腸過可平似丁香結叶。問甚可平時、重理錦囊書，從頭説叶。（程垓）

填滿庭芳調法

《滿庭芳》，又名《鎖陽臺》《滿庭霜》。九十五字。前後段各九句，共九韻。調如下：

南可仄月驚烏，西風破可平雁，又是可平秋可仄滿平湖韻。採可平蓮人盡，寒色戰菰蒲叶。舊可平信江南好景，一作平萬可平里、輕可仄覓蓴鱸叶。誰知道，吴儂未識，蜀作平客已情孤叶。憑高增悵望，湘雲盡處，都可仄是平蕪叶。問故可平鄉何可仄日，重可仄見吾廬叶。縱可平有荷紉芰製，終不可平似、菊可平短籬疏叶。歸情遠，三更雨夢，依舊繞庭梧叶。（程垓）

填水調歌頭法

《水調歌頭》，又名《江南好》《花犯念奴》。九十五字。前段九句，後段十句，共八韻。調如下：

明可仄月幾時有，把可平酒問青天韻。不可平知天可仄上宮可仄闕可平，今可仄夕是何年叶？我可平欲乘可仄風歸可仄去，又可平恐瓊樓玉作平字，高可仄處不勝寒叶。起可平舞弄清影，何可仄似在人間叶。

轉可平朱可仄閣可平，低可仄綺可平户，照無眠叶。不可平應有可平恨，何可仄事可平常可仄向別時圓叶？人可仄有悲可仄歡離可仄合，月可平有陰晴圓可仄缺，此可平事古難全叶。但可平願人可仄長久，千可仄

里共嬋娟叶。（蘇軾）

填燭影摇紅法

《燭影摇紅》，九十六字。前段九句，後段同，共十韻。調如下：

梅可仄雪飄香，杏花開可仄艷燃春晝韻。銅可仄駝煙淡曉風輕，摇可仄曳青青柳叶。海可平燕歸可仄來未久叶，向雕梁、初成對偶叶。日長人困，緑可平水池塘，清明時候叶。簾可仄幕低垂，麝煤煙可仄噴黄金獸叶。天可仄涯人去杳無憑，不可平念東陽瘦叶。眉可仄上新可仄愁壓舊，要消遣可平、除非殢酒叶。酒醒人静，月可平滿南樓，相可仄思還又叶。（趙長卿）

填聲聲慢調法

《聲聲慢》，九十七字。前段十句，後段九句，共八韻。調如下：

雲可仄深山可仄塢，煙可仄冷江皋，人生可仄未可平易相逢韻。一可平笑燈前，釵行可仄兩可平兩春容叶。清芳夜争真可仄態，引生可仄香、撩亂東風叶。探可平花可仄手，與安排金可仄屋，懊可平惱司空叶。憔可仄悴欹翹委可平佩，恨玉可平奴消可仄瘦，飛可仄趁輕鴻叶。試可平問知心，樽前可仄誰可仄最情濃叶。連呼紫雲伴可平醉，小丁可仄香、纔吐微紅叶。還解語，待携歸、行雨夢中叶。（吴文英）

填醉蓬萊調法

《醉蓬萊》，九十七字。前後段各十一句，共八韻。調如下：

任落可平梅鋪可仄綴，雁可平齒斜橋，裙可仄腰芳草韻。閑可仄伴游絲，過曉可平園庭沼叶。厮可平近清明，雨可平晴風可仄輭，稱少可平年尋討叶。碧可平縷墻頭，紅可仄雲水可平面，柳可平堤花島叶。誰可仄信而今，怕愁憎酒，對可平著花枝，自疏歌笑叶。鶯可仄語丁寧，問甚可平時重到叶。夢可平筆題詩，帊可平綾封可仄淚，向鳳可平簫人道叶。處可平處傷懷，年可仄年遠可平念，惜可平春人老叶。（呂渭老）

填暗香詞調法

《暗香》，一名《紅情》。九十七字。前後段各九句，共十二韻。調如下：

舊時月可平色韻，算幾番照我，梅邊吹笛叶。喚起玉人，不可平管清寒與攀摘叶。何遜而今漸老，都可仄忘却、春風詞筆叶。但怪得、竹可平外疏花，香冷入瑶席叶。江國叶，正寂寂叶。嘆寄與路遥，夜雪可平初積叶。翠樽易泣叶，

紅萼無言耿相憶叶。長記曾攜手處，千樹壓、西湖寒碧叶。又片片、吹盡也，幾時見得叶。（姜夔）

填八聲甘州法

《八聲甘州》，九十七字。前後段各九句，共八韻。調如下：

對瀟瀟暮可平雨灑江天，一可平番洗清秋韻。漸霜風淒可仄緊，關河冷可平落，殘可仄照當樓叶。是處紅可仄衰可平緑減，苒可平苒物華休叶。惟可仄有長可仄江水，無可仄語東流叶。

不忍登可仄高臨可仄遠，望故可平鄉渺可平邈，歸可仄思難收叶。嘆年可仄來蹤可仄迹，何可仄事苦淹留叶。想佳人、妝可仄樓長可仄望，誤幾回、天可仄際識歸舟叶。爭知我、倚可平闌干處，正可平恁凝愁叶。（柳永）

填雙雙燕調法

《雙雙燕》，九十八字。前後段各九句，共十二韻。調如下：

過春社了，度可平簾幕中間，去年塵冷韻。差池欲住，試可平入舊巢相並叶。還相雕梁藻井叶。又軟可平語、商量不作平定叶。飄然快拂花梢，翠尾分開紅影叶。芳徑叶。芹泥雨潤叶。愛貼地爭飛，競誇輕俊叶。紅樓歸晚，看足柳昏花暝叶。應是棲香正穩叶。便忘可仄了、天涯芳信叶。愁損可平翠黛雙蛾，日可平日畫可平欄獨憑叶。（史達祖）

填晝夜樂調法

《晝夜樂》，九十八字。前後段各八句，共十一韻。調如下：

洞可平房記可平得初相遇韻。便只作平合作平、長相聚叶。何可仄期小會幽歡，變作別可平離情可仄緒叶。況可平值闌珊春色暮叶。對滿可平目可平、亂花狂絮叶。直可平恐好風光，盡隨伊歸去叶。一可平場寂可平寞憑誰訴叶。算前言、總可平輕負叶。早可平知恁地難拚，悔不當可仄初留可仄住叶。其可仄奈風流端正外，更別可平有可平、繫人心處叶。一可平日不思量，也攢眉千度叶。（柳永）

填鎖窗寒調法

《鎖窗寒》，九十九字。前段十句，後段九句，共十韻。調如下：

暗柳啼鴉，單衣佇立，小簾朱户韻。桐花半畝，靜鎖一庭愁雨叶。灑空階、更闌未休，故人翦燭西窗語叶。似楚江暝宿，風燈零亂，少年羈旅叶。遲暮叶。嬉游處叶。正店舍無煙，禁城百五叶。旗亭喚酒，付與高陽儔侶叶。想東園、桃李自春，小唇秀靨今在否叶。到歸時、定有殘英，待客

携樽俎叶。（周邦彦）

填念奴嬌調法

《念奴嬌》，又名《無俗念》《壺中天慢》《百字令》《杏花天》。前段九句，後段十句，共八韻。調如下：

野可平棠花落，又可平匆可仄匆可仄過可平了、清明時節韻。剗可平地東風欺客夢，一可平夜雲可仄屏寒怯叶。曲可平岸持觴，垂可仄楊繫可平馬，此可平地曾輕别叶。樓可仄空人去，舊游飛燕能説叶。　聞道綺陌東頭，行人長可仄見，簾底纖纖月叶。舊可平恨春江流未斷，新可仄恨雲山千疊叶。料可平得明朝，尊可仄前重可仄見，鏡可平裏花難折叶。也可平應驚問，近來多少華髮叶。（辛棄疾）〔五〕

填瑞鶴仙調法

《瑞鶴仙》，一百二字。前段十句，後段十一句，共十三韻。調如下：

杏可平煙嬌濕鬢韻。過杜可平若可平汀可仄洲可仄，楚可平衣香潤叶。回頭翠樓近叶，指鴛鴦可仄沙上可平，暗可平藏春恨叶。歸鞭隱隱叶，便不可平念可平、芳痕未穩叶。自簫聲吹可仄落雲東，再可平數故國花信叶。

誰問叶？聽可平歌窗罅，倚月鈎闌，舊家輕俊叶。芳心一寸叶，相可仄思可仄後，總灰盡叶。奈春風多可仄事，吹花搖柳，也可平把幽情喚醒叶。對南溪，桃可仄萼翻紅，又成瘦損叶。（史達祖）

填水龍吟調法

《水龍吟》，又名《龍吟曲》《小樓連苑》《海天闊處》。一百二字。前後段各十一句，共九韻。調如下：

楚天千可仄里清秋，水可平隨天可仄去秋無際韻。遥可仄岑遠目，獻可平愁供恨，玉可平簪螺髻叶。落可平日樓頭，斷可平鴻聲可仄裏，江可仄南游子叶。把吴可仄鈎看可平了，闌可仄干拍可平遍，無人會，登臨意叶。休可仄説鱸魚堪可仄膾叶，儘西風、季可平鷹歸未叶？求可仄田問舍，怕可平應羞見，劉可仄郎才氣叶。可可平惜流年，憂可仄愁風可仄雨，樹可平猶如此叶。倩何人唤取，紅可仄巾翠可平袖，揾英雄淚叶。（辛棄疾）

填齊天樂調法

《齊天樂》，又名《五福降中天》《臺城路》《如此江山》。一百二字。

前段十句，後段十一句，共九韻。調如下：

一可平襟餘可仄恨宮魂斷，年年翠陰庭樹韻。乍咽涼柯，還移暗葉，重可仄把離愁深訴叶。西窗過雨叶。怪瑶佩流空，玉箏調柱叶。鏡暗妝殘，爲誰嬌鬢尚如許叶？　銅仙鉛淚似洗，嘆移盤去遠，難貯零露叶。病翼驚秋，枯形閱世，消可仄得斜陽幾可平度叶。餘音更苦叶。甚獨可平抱清商，頓成凄楚叶。謾想熏風，柳絲千萬縷叶。（王沂孫）

填南浦詞調法

《南浦》，一百二字。前段九句，後段八句，共八韻。調如下：

風悲畫角，聽單于、三弄落譙門韻。投可仄宿駸駸征騎，飛雪滿孤村叶。酒市漸闌燈火，正敲窗、亂葉舞紛紛叶。送數聲驚雁，乍離煙水，嘹唳度寒雲叶。　好在半朧淡月，到如今、無處不銷魂叶。故可平國梅花歸夢，愁損

綠羅裙叶。爲問暗香閑艷，也相思、萬點付啼痕叶。算翠屏應是，兩眉餘恨倚黃昏叶。（魯逸仲）

填綺羅香調法

《綺羅香》，一百四字。前後段各九句，共八韻。調如下：

燕子梁深，秋千院冷，半可平濕垂楊煙縷韻。怯可平試春衫，長可仄恨踏青期阻叶。梅可仄子可平後可平、餘可仄潤留寒，藕可平花可仄外可平、婹涼銷暑叶。漸驚他、秋可仄老梧桐，蕭可仄蕭金井斷蛩暮叶。熏篝須待被暖，催雪新詞未穩，重尋笙譜叶。水可平閣雲窗，總可平是慣曾經處叶。曾可仄信可平有可平、客可平裏關河，又可平怎可平禁可仄、夜深風雨叶。一聲聲、滴可平在疏篷，做成情味苦叶。（張翥）

填永遇樂調法

《永遇樂》，又名《消息》。一百四字。前後段各十一句，共八韻。調如下：

清可仄逼池亭，潤侵山可仄閣，雲可仄氣可平凝聚韻。未可平有蟬前，已可平無蝶可平後，花可仄事隨流水叶。西可仄園支徑，今可仄朝重可仄到，半可平礙醉筑吟袂叶。除可仄非是可平、鶯身瘦可平小，暗可平中可仄引雛可仄穿去叶。　梅可仄檐滴可平溜，風可仄來吹斷，放得斜可仄陽一縷叶。玉可平子敲枰，香可仄綃落可平剪，聲可仄度深幾許叶？層可仄層離恨，淒可仄迷如可仄此，點可平破漫煩輕絮叶。應可仄難認可平、爭春舊館，倚紅杏處叶。（蔣捷）

填二郎神調法

《二郎神》，一百五字。前段十句，後段十一句，共九韻。調如下：

瑣窗睡起，閑可仄竚立、海棠花影韻。記翠檝銀塘，紅牙金縷，杯泛梨花凍冷叶。燕子銜來相思字，道玉瘦、不作平禁春病叶。應蝶粉半銷，鴉雲斜墜，暗塵侵鏡叶。

還省叶。香痕碧唾，春衫都凝叶。悄一似酴醾，玉肌翠可平被，消得東風喚醒叶。青可仄杏單衣，楊可仄花小可平扇，閑却晚春風景叶。最可平苦是、蝴蝶盈盈弄晚，一簾風靜叶。（湯恢）

填望海潮調法

《望海潮》，一百七字。前後段各十一句，共十一韻。調如下：

梅英疏淡，冰澌溶可仄洩，東風暗換年華韻。金谷俊游，銅駝巷陌，新晴細履平沙叶。長記誤隨車叶，正絮可平翻蝶可平舞，芳可仄思交加叶。柳下桃蹊，亂分春色到人家叶。西園夜飲鳴笳叶。有華燈礙可平月，飛可仄蓋妨花叶。蘭苑未空，行人漸老，重來是事堪嗟叶。煙暝酒旗斜叶。但倚可平樓極可平目，時可仄見棲鴉叶。無可仄奈歸心，暗隨流水到天涯叶。（秦觀）

填一萼紅調法

《一萼紅》，一百八字。前段十一句，後段十句，共九韻。調如下：

步深幽韻。正雲可仄黃天可仄淡，雪作平意未全休叶。鑑可平曲寒沙，茂可平林煙可仄草，俛可平仰可平今古悠悠叶。歲華可仄晚可平、飄零漸可平遠，誰可仄念可平我可平、同載五湖舟叶。磴可平古松斜，厓可仄陰苔可仄老，一可平片清愁叶。回可仄首天涯歸可仄夢，幾魂飛西浦，淚可平灑東州叶。故可平國山川，故可平園心可仄眼，還可仄似可平王粲登樓叶。最負可平他可仄、秦鬟妝可仄鏡，好可平江可仄山可仄、

何事此時游叶。爲喚狂可仄吟老可平監，共可平賦銷憂叶。（周密）

填疏影詞調法

《疏影》，又名《緑意》。一百十字。前後段各十句，共九韻。調如下：

苔枝綴玉韻。有翠禽可仄小小可平，枝上同宿叶。客裏相逢，籬角黄昏，無可仄言可仄自可平倚可平修竹叶。昭君不慣胡沙遠，但暗憶、江可仄南江北叶。想佩環、月可平夜歸來，化作此花幽獨叶。　猶記深宫舊事，那人正睡裏，飛近蛾緑叶。莫似春風，不作平管盈盈，早與安排金屋叶。還教一片隨波去，又却怨、玉可平龍哀曲叶。等恁時、重可仄覓幽香，已入小窗横幅叶。（姜夔）

填沁園春調法

《沁園春》，又名《壽星明》《洞庭春色》。一百十四字。前段十三句，後段十二句，共十韻。調如下：

孤可仄鶴歸飛，再過遼天，換盡舊人韻。念纍可平纍枯可仄冢，茫可仄茫夢可平境，王可仄侯螻可仄蟻，畢可平竟成塵叶。載可平酒園林，尋可仄花巷可平陌，當可仄日何曾輕可仄負春叶。流年改，嘆圍可仄腰帶可平賸，點可平鬢霜新叶。交親叶散可平落如雲叶。又豈可平料、如今餘可仄此身叶。幸眼可平明身可仄健，茶可仄甘飯可平輭，非可仄惟我可平老，更可平有人貧叶。躲可平盡危機，消可仄殘壯可平志，短可平艇湖中閑可仄採蓴叶。吾何恨？有漁可仄翁共可平醉，溪可仄友爲鄰叶。（陸游）

填摸魚兒調法

《摸魚兒》，又名《買陂塘》《陂塘柳》。一百十六字。前後段各十句，共十三韻。調如下：

更能消、幾番風雨，匆匆春又歸去韻。惜可平春長可仄怕花開早，何可仄況落紅無數叶。春且住叶。見可平說道、天涯芳可仄草無歸路叶。怨可平春不語叶。算只可平有殷勤，畫可平檐蛛可仄網，盡可平日惹飛絮叶。長門事，準可平擬佳期又誤叶。蛾眉曾有人妒叶。千金縱可平買相如賦，脈可平脈此情誰訴叶？君莫舞叶。君不見、玉環飛可仄燕皆塵土叶。閑愁最苦叶。休去可平倚危欄，斜可仄陽正可平在，煙可仄柳斷腸處叶。（辛棄疾）

填賀新郎調法

《賀新郎》，『郎』一作『涼』。又名《金縷曲》《乳燕飛》《貂裘換酒》。

一百十六字。前段十句，後段同，共十二韻。調如下：

風可仄雨連朝夕韻。最驚心、春可仄光晼晚，又過寒食叶。落可平盡一可平番新桃李，芳草南園似積叶。但可平燕子、歸來幽寂叶。況可平是單可仄棲饒惆悵，儘無聊、有可平夢寒猶力叶。春意遠，恨虛擲叶。東君自是人間客叶。暫時來、匆匆却去，爲誰留得叶。走可平馬插可平花當年事，池晼空餘舊迹叶。奈可平老去、流光堪惜叶。杳可平隔天可仄涯人千里，念無憑、寄可平語長相憶叶。回首處，暮雲碧叶。（毛幵）

填蘭陵王調法

《蘭陵王》，一名《高冠軍》。一百三十字。第一段九句，第二段八句，第三段十句，共十八韻。調如下：

漢江側韻。月可平弄仙人珮色叶。含情久，搖曳楚衣，天可仄水空濛染嬌碧叶。文漪簟影織叶。涼骨叶，時將粉飾叶。誰曾見、羅襪去時，點可平點波間冷雲積叶。　相思舊飛鵠叶。謾想像風裳，追恨瑤席叶。涉可平江幾可平度和愁摘叶。記可平雪映雙腕，刺縈絲縷，分開緑可平蓋素袂濕叶。放新句吹入叶。　寂作平寂叶。意猶昔叶。念净社因緣，天許相覓叶。飄蕭羽可平扇搖團白叶。屢側卧尋夢，倚欄無力叶。風標公子，欲下處、似去聲認去聲得叶。（史達祖）

填多麗詞調法

《多麗》，又名《緑頭鴨》。一百三十九字。前段十三句，後段十一句，共十二韻。調如下：

晚山青韻。一可平川雲可仄樹冥冥叶。正參可仄差、煙可仄凝紫可平翠，斜可仄陽畫可平出南屏叶。館娃歸、吴可仄臺游可仄鹿，銅可仄仙可仄去、漢可平苑飛螢叶。懷可仄古情多，憑可仄高望可平極，且可平將樽可仄酒慰漂零叶。自湖可仄上、愛可平梅仙可仄遠，鶴可平夢幾時醒叶。空留得、六可平橋疏可仄柳，孤可仄嶼危亭叶。待蘇堤、歌可仄聲散可平盡，更可平須携可仄妓西泠叶。藕花深、雨可平凉翡翠，菰可仄蒲可仄輭、風可仄弄蜻蜓叶。澄可仄碧生秋，鬧可平紅駐可平景，採可平菱新可仄唱最堪聽叶。見一可平片、水可平天無可仄際，漁可仄火兩三星叶。多情月、爲可平人留可仄照，未可平過前汀叶。（張翥）

填戚氏詞調法

《戚氏》，二百十二字。前段十四句，中段十二句，末段十五句，共廿四韻。調如下：

晚秋天韻，一作平霎作平微雨灑庭軒叶。檻菊蕭疏，井梧零亂，惹殘煙叶。凄然叶，望江關叶。飛雲黯可平淡夕陽間叶。當時宋玉悲感，向此作平臨水與登山叶。遠可平道迢遞，行人凄楚，倦聽平聲隴可平水潺湲叶。正蟬鳴敗葉，蛩響衰草，相應聲喧叶。孤館度日如年叶。風露漸變，悄悄至更闌叶。長天净，絳河清淺，皓月嬋娟叶。思綿綿叶，夜永對景那堪叶。屈指暗想從前叶。未名未祿，綺陌紅樓，往可平往經歲遷延叶。帝里風光好，當年少日，暮宴朝歡叶。況有狂朋怪侶，遇當歌對酒競留連叶。別來迅景如梭，舊游如夢，煙水程何限仄叶？念利名、憔悴長縈絆仄叶。追往事、空慘愁顏叶。漏箭移、稍覺輕寒叶。聽嗚咽作平、畫角數聲殘叶。對閑窗畔，停燈向曉，抱影無眠叶。（柳永）

填鶯啼序調法

《鶯啼序》，二百四十字。第一段八句四韻，第二段九句四韻，第三段十四句六韻，第四段十四句四韻，共十八韻。調如下：

殘寒正欺病酒，掩沈香繡户韻。燕來晚、飛入西城，似説作平春事遲暮叶。畫船載、清明過却，晴煙冉冉吴宫樹叶。念羈情、游蕩隨風，化爲輕絮叶。十載西湖，傍柳繫馬，趁嬌塵軟霧叶。遡紅漸、招入仙溪，錦兒偷寄幽素叶。倚銀屏、春寬夢窄，斷紅濕、歌紈金縷叶。暝堤空，輕把斜陽，總還鷗鷺叶。幽蘭旋去聲老，杜若還生，水鄉尚寄旅叶。别後訪、六橋無信，事往花萎，瘞玉埋香，幾番風雨叶。長波妒盼，遥山羞黛，漁燈分影春江宿叶。記當時、短檝桃根渡叶。青樓髣髴叶。臨分敗壁題詩，淚墨作平慘淡塵土叶。危亭望極，草色天涯，嘆鬢侵半苧叶。暗點檢離痕歡唾，尚染鮫綃，嚲鳳迷歸，破鸞慵舞叶。殷勤待寫，書中長恨，藍霞遼海沈過雁，謾相思、彈

入哀箏柱叶。傷心千里江南，怨曲重招，斷魂在否叶？（吴文英）

注释：

〔一〕此詞作者，諸本皆作歐陽炯。『一回向』一句，諸本皆作『一向』，按詞律當脱一字。本書未知何據，因是舉為例詞，故從其所引。

〔二〕此詞作者原誤作『徐俯』，據《淮海居士長短句》改。

〔三〕此詞脱作者仲殊名，據《全宋詞》補。

〔四〕此詞作者作張泌，前文『派別』舉此詞為例時則作馮延巳，《宋詞三百首》又作晏殊，茲就本書統一為馮延巳。

〔五〕《念奴嬌》詞，本書兩出（另見『派別』所引《兩宋諸家詞法》），字句各異，茲據《全宋詞》本為之訂正：原『一枕銀屏寒怯』，『枕』改『夜』、『銀』改『雲』；『此地曾經別』，『經』改『輕』；『舊恨春江流不盡』，『不盡』改『未斷』；『樽前重見』，『樽』改『尊』。